复旦中文系
文艺学前沿课堂系列

朱立元　主编

地理批评拼图

Carte de la géocritique

〔法〕贝尔唐·韦斯特法尔　著

乔　溪　等译

商务印书馆
The Commercial Press

Bertrand Westphal

Carte de la géocritique

Copyright © 2023 by Bertrand Westphal

The copyright of the Simplified Chinese edition is granted by the Author.

本书中文简体翻译版权由作者本人授权出版。

贝尔唐·韦斯特法尔（Bertrand Westphal），1962年生，法国斯特拉斯堡人，文学博士，法国利摩日大学人文学院教授，博士生导师，"地理批评"奠基人，主要研究方向为文学批评、比较文学、哲学、美学。代表性著作有《地理批评——真实、虚构、空间》《似真世界》《子午线的牢笼》《迷失地图集》等。

总序

"复旦中文系文艺学前沿课堂系列"第一批(三本)2018年由商务印书馆出版后,受到学界和大学文科师生的普遍欢迎,我感到非常高兴,觉得我们这件事做对了,做好了。记得当时我说过,这是一件有助于我们文艺学学科和我们的教学科研在国际化方面迈出实质性步伐的大事,现在看来得到了证实。这三部著作的出版确实起到了记录国外学者在复旦讲课的精彩内容、展示复旦中文系文艺学学科拓展国际学术交流具体实绩的作用。

现在,我们将继续推出第二批译著,也是三本。2019年,我们邀请了美国学者保罗·盖耶(Paul Guyer)教授、保罗·考特曼(Paul Kottman)教授和法国学者贝尔唐·韦斯特法尔(Bertrand Westphal)教授来复旦中文系做系列讲座,每人8—12讲。在征得他们同意后,我们将三位专家的讲课内容整理、翻译成中文,每人出一本。众所周知,我们文艺学学科的创建者蒋孔阳先生是我国德国古典美学研究的开创者,为了在新时代把中国的德国古典美学研究提高到一个新水平,我们在邀请外国专家讲课时也注意到重视这方面的借鉴。盖耶教授是国际公认的康德哲学、美学研究的重量级学者,他的讲课内容主要是"康德美学与现代美学史";较为年轻的保罗·考特曼教授主要讲"论艺术的'过去性'与人文学科的未来：黑格尔、莎士比亚与现代性"。当然，他们并不局限于康德、黑格尔研究，而是以更加开阔的视野论及许多西方现代美学、文学研究的重大问题，对我们深有启发。韦斯特法尔教授是有国际影响的"地理批评"理论的创始者，我曾在 2016 年 11 月专程到法国利摩日大学与他进行过学术对话，就"地理批评"问题与他展开了深入交流。这次他在复旦的讲课，也集中于"地理批评的提出、主要观点和发展态势"这个主题。他们三位的讲课内容十分丰富，既有在当代语境下对德国古典哲学、美学现代性的新探讨，也有对最晚近的西方文论的前沿性研究；既有纯粹的理论思辨，也有结合古今文学创作实践和作品，运用新的文论观点加以创新性的评析。讲课过程中，老师们很重视答疑的环节，在与学生的对话中进一步阐发讲课的内容，使我们的学生不但增加了相关的专业知识，而且对西方大学里文科课堂教学的方式和特点有了感性的了解和切身的体验，这方面的收获很值得我们师生珍视。

现在呈现在读者面前的三部著作分别是：盖耶教授的《现代美学史简论》、考特曼教授的《论艺术的"过去性"：黑格尔、莎士比亚与现代性》和韦斯特法尔教授的《地理批评拼图》。与第一批书系稍有不同的是，这三部著作，我们都请主译者撰写了译者前言，除了对作者的学术经历进行简要介绍外，重点对书的内容及有关背景情况做出比较深入的概述，以利于读者的阅读、思考和吸收。这是我们对第一批书系的一个小小的改进，希望能得到读者的认可。

在此，我们还特别要感谢商务印书馆上海分馆的领导和编辑，他们对我们第二批书系的出版给予了多方面的支持。比如，对盖耶教授的《现代美学史简论》一书所选论文涉及的一些版权问题，他们不但十分关注，而且专门请有关人员帮助我们联系原文出版单位，甚至专门建立了一个由译者参加的解决版权问题的微信群，及时沟通情况，终于顺利解决了版权问题，达到主编、作者、译者和出版社"四满意"。我觉得，这堪称学术著作编撰人与出版人和谐合作的典范。

最后，需要说明一点，由于新冠肺炎疫情严重，这一批书系的翻译等工作有所推迟，但是，译者们还是尽力保质保量地完成了任务。在此，我对主译者和全体译者的辛勤劳动，表示衷心的感谢。

朱立元

2020 年 7 月 30 日

译者前言

在 2018 年的一场讲座中，贝尔唐·韦斯特法尔提到了一位跨界行为艺术家，他名叫弗朗西斯·阿吕斯（Francis Alÿs），此人有颇多别出心裁的展览与表演，但韦斯特法尔说他印象最深刻的，当属一场未经计划的行为艺术，这个作品叫作《圈》。1997 年，阿吕斯意欲从墨西哥的蒂华纳前往美国加州的圣迭戈举办展览，两地相隔仅二十余公里，然而途中却必须穿越美国与墨西哥之间壁垒般的隔离线。证件齐全的阿吕斯完全可以从容入境，但他拒绝靠近这条不甚友好的界线。他拿出原本用来举办展览的资金开启了一段环太平洋之旅，先从蒂华纳向南飞到墨西哥城，接着经过巴拿马、圣地亚哥，再向西到奥克兰、悉尼、曼谷、仰光，随后经过香港、上海、首尔，再到安克雷奇、温哥华、洛杉矶，终于百转千回地抵达圣迭戈。阿吕斯这看似无用的《圈》却让人感受到了边界的真实，它们在形形色色的空间中交缠，仿佛冰冷而锋利的铁网，正如乔治·佩雷克（Georges Perec）所说，"活着，就是从一个空间走入另一个空间，同时尽力避免触碰到壁垒"。1999 年，韦斯特法尔在《地理批评宣言》的开篇就引用了这句话。随着此文的发表，"地理批评"（法语 la géocritique，英语 geocriticism）的概念正式诞生。

地理批评始于比较文学，韦斯特法尔一改传统以作家为中心的文学批评思路，将研究的核心聚焦于文本的地理空间表征，最初主要比较地中海周边文学作品所再现的地中海空间，后来逐渐扩展到欧美的诸多城市与地方，近年来更是对东方甚为关注，主张以多聚焦的视角看待空间，以多元化的态度认识世界。受列斐伏尔、爱德华·索亚（Edward Soja）、德勒兹、伽塔利等人的影响，韦斯特法尔注重空间的流动性，时常讨论解域与再域等问题。从古至今，人们通过命名、制图、设界等方法不断尝试将流动空间转化为固定地点，面对束缚空间的一根根线条，韦斯特法尔在2016年的专著里引用桑德拉尔（Blaise Cendrars）的诗句，将其比喻为"子午线的牢笼"，在本书中更是从不同角度对可能世界、多重空间、复数身份等问题进行了多番思考与探讨。

对韦斯特法尔而言，复数文化身份绝非一句空谈，而是真切的体会。他出生于德法边境的阿尔萨斯，正是都德《最后一课》提到的地方。此地在历史的长河中几经周折，文化归属相当复杂，具体情况在本书《民族文学还剩下什么？》一篇中有详细梳理。韦斯特法尔虽拥有法国国籍，但母语却是阿尔萨斯方言，加之与德国毗邻，幼年适应的三语环境令他自然养成了多角度观察事物的思维习惯。他少年时学习西班牙语，求学时期因爱好北欧文学而通晓瑞典语，后又在意大利生活了十余年才重返法国，如今是法国利摩日大学人文学院的教授。而他不断接触多元文化的经历仍在继续，近年来频繁前往非洲、南美洲交流讲学，目前已两度受邀来华，并且对中国文学及理论十分着迷。地理批评有一个重要概念，即越界性，韦斯特法尔在本书《地理批评与世界文学》一篇中将其阐释为"持续跨越边界的特性"，它不仅指物理上从一个空间跨入另一个空间，更强调从一种心态跨入另一种心态，从一种精神跨入另一种精神，始终保持动态，敞开心怀去接受世界的多样性。理论如此，他对理论的践行更是经年不辍。

地理批评自问世至今已二十载，其间韦斯特法尔先后出版了四部专著。《地理批评——真实、虚构、空间》（2007）一书详细阐述了地理批评理论体系的建构，由南京大学高方译为中文；《似真世界》（2011）用丰富的资料论述了世界中心的复数化、地平线与空间扩张等问题；《子午线的牢笼》（2016）荣获巴黎—列日奖，该书以大量的隐喻和生动的语言将地理批评的观点以及对世界文学的思考娓娓道来，由山东大学张蔷译为中文；《迷失地图集》（2019）将地理批评运用于艺术地图解读，充分体现了文学与地图间的隐喻关系，并显示出地理批评未来的关注方向。

本书由一篇论文、九篇讲座稿以及两篇访谈组成，题目为《地理批评拼图》，取拼散图以见全貌之意。书中每篇都着重探讨一个主题，看似内容各异，实则每一篇都与另外二至三篇有着内在的呼应与关联，仿佛每一块拼图的边缘都与其他几块吻合，拼接在一起之后，地理批评的结构与思路就愈发清晰可见。韦斯特法尔的语言处处透着隐喻，这一特点亦融入本书题目之中。

既然空间具有流动性，那么自然无须刻意将其约束；本书中的篇章亦无固定顺序，其形态可以视为书中反复提到的"群岛"。开篇的《地理批评宣言》为该理论的开山之作，在本书中既可作为引言，也可作为结语。全系列讲座紧密围绕着"中心与边界""垂直视角与水平视角""文学与地图""民族文学与世界文学"等几对关系展开，旨在阐明中心与边界的流动性，打破西方以自我为中心的单向视角和以英语为中心的单一标准，展开一幅多元的、呈群岛形态的世界文学图景。在《领地与文学》《莫比乌斯带》两篇中，作者谈及乔治·阿甘本对边界的看法，将拓扑学的莫比乌斯带概念引入文学研究，借助其内外相连、无限转换的特性对文学作品中边界的表征进行解读，令人耳目一新。《世界的形貌》和《逃逸城市》两篇文章将文学与地图、文学与电影无缝对接，讨论人们认知世界的模式以及再现场所的特点，凸显了地理批评的跨学科性。

译稿是多名译者共同努力的成果。第一篇由南京工程学院颜红菲、南京大学陈静弦与我合作完成，此文篇幅较长，注释量大，陈静弦与颜红菲细致入微的工作令人叹服；第二、三、四、五、六、七、十二篇由本人翻译；第八、九、十一篇由西安交通大学朱丽君、范蕊翻译，由本人指导完成；第十篇由上海外国语大学张艳翻译。在此衷心感谢各位译者的辛勤付出。

此次翻译工作的开展亦离不开韦斯特法尔教授的耐心帮助，疫情期间依然坚持通过视频解答疑问。特殊时期各地出行不便，而巴伦西亚橙花小院的别致景象却常常可见，仿佛消解了空间的壁垒。感谢朱立元教授的大力支持与殷切勉励，感谢商务印书馆编辑老师认真负责的校对修订。

译文纰漏之处，恳请读者不吝批评指正。

乔 溪[*]

2020 年 7 月，西安

---

[*] 乔溪，本书主要译者，1987 年 11 月生，陕西西安人，文学博士，陕西师范大学外国语学院讲师，主要研究地理批评、海洋文学，译有《自行车的回归：1817—2050》等。

目 录

第一篇　地理批评宣言——走向文本的地理批评　1

第二篇　水平线与空间转向　39

第三篇　地理批评与世界文学　49

第四篇　世界的形貌——去中心化的地理批评　67

第五篇　领地与文学——漫步地中海　81

第六篇　莫比乌斯带——如何放下边界线焦虑　97

第七篇　逃逸城市——电影中的伊斯坦布尔　113

第八篇　民族文学还剩下什么？——以奥地利为起点的欧洲之旅　131

第九篇　世界文学与《子午线的牢笼》
　　　　——全球化浪潮下的当代文学与艺术　149

第十篇　后现代、后人类和星球化——地理批评视域下的世界文学　161

访谈一　罗南·吕多-弗拉斯克访谈　173

访谈二　让-马克·穆拉访谈　187

第一篇

地理批评宣言
——走向文本的地理批评

总而言之，空间是成倍增长、不断分裂和多样化的。当今世界存在着大小不一、形态各异、功能和用途多种多样的空间。活着，就是从一个空间走入另一个空间，同时尽力避免触碰到壁垒。

——乔治·佩雷克

于是船开了。

——费德里科·费里尼

空间与时间乍看去仿佛是显而易见的，在此方面，空间甚至更胜一筹；然而两者同时都会陷入显而易见这个困境中。乔治·佩雷克说得没错：我们确实非常容易四处碰壁。在第二次世界大战之后，研究空间的视角变得前所未有的复杂。1939 年到 1945 年的这场浩劫让人类历史为之震颤，其中最恶劣的当属那几公顷围满带刺铁丝网的土地，它引发了对时间的一种全新解读；然而这一切却没有立刻对空间的解读产生影响——虽然当时也具备了充足的影响条件，但空间视角所经历的最重大演变似乎是在停战之后：重建遭受多年战争蹂躏的城市引发了对都市空间的广泛思考；建筑和城市规划成为滋养当代思想的首要因素（后现代主义起源于此）也就不足为奇了。在政治层面上，雅尔塔会议对世界的重新划分是 1494 年颁布的《托尔德西里亚斯条约》[1]的镜像，只是这一次划分的土地不再仅限于潜在的海外领地，而是整个世界的版图。从此，全世界所有地点都拥有了内涵；任何地点都成了碎片中的碎片。《托尔德西里亚斯条约》和《雅尔塔协定》之间的另一个联系就是后者是对前者的绝对超越，正是在新的划分原则生效后，去殖民化的历程就开始了。殖民主义视角实质上是一种同质的视角，它的本质决定了它只会用一种方式来审视空间，那就是一切属于我——它勉强把他者放在边缘位置考虑，或者不遗余力地强调他性。殖民空间或多或少是一个异质空间，但对它的感知却永远以宗主国为标准。《雅尔塔协定》对世界的二分起了重要作用，去殖民化正式（但并不意味着特意）推动了多样化的世界视角。

（至少是）从二十世纪六十年代初期开始，空间感知，特别是对人类空间的感知变得越来越复杂。这在我看来不失为一件幸事。这种不断增长的复杂性让每一种视角都更加精确，也大大增加了不同视角的多样性，甚至产生分歧。由此而生的视角大爆炸并不一定意味着危机，而是观点表达更加清晰的一种信号，相反，简单粗暴的单极视角才更加危险。文学空间也不例外，它从未割裂与外部世界的联系，因此也一样需要依据新规则重新对空间进行建构。新小说作家笔下迷宫般错综复杂的结构让读者摸不清方向，但事实上他们是在用一种较为先锋的方式来描述地点是被如何认知，或应当被如何认知的。因此，皮埃尔·洛蒂（Pierre Loti）笔下的斯坦布尔和阿兰·罗布-格里耶（Alain Robbe-Grillet）笔下的伊斯坦布尔之间有天壤之别，但无论这个城市从《阿齐亚德》（洛蒂作品）时期到《不朽的女人》（格里耶作品）时期经历了怎样深刻的变化，市名的

---

[1]《托尔德西里亚斯条约》是西班牙和葡萄牙两国于 1494 年 6 月 7 日，在西班牙卡斯蒂利亚的托尔德西里亚斯签订的一份旨在瓜分新世界的协议。——译者注

更迭也好，城市化变革也罢，变革最深的还是城市空间的再现方式。

从"图画城市"到路易斯-塞巴斯蒂安·梅西耶[1]，我们进入了"雕塑城市"，城市中的雕像是多维的，就人类独具的审美能力而言它们也是可欣赏的。既然有图画城市、雕塑城市，那么当然会有书籍城市。我们曾经描绘城市，塑造城市，现在我们阅读城市。既然城市能够经常被移植到书本里，就意味着这二者存在着严格的对等关系。换句话说，对一些作家而言——特别是自二十世纪五十年代以来——城市变成了书，就像书变成了城市一样。随之而来的（这是偶然吗？）空间结构和文学作品内部结构[2]与日俱增的复杂化让城市空间成了书本隐喻，这一点在小说中体现得尤为明显。有时候，这一隐喻的本体远在天边，比如东京。罗兰·巴特曾写道："这座城市是一个表意文字：而文本继续着。"[3] 符号有它们自己的帝国，旧日帝国的规则在它们身上并不适用。至于我们这些城市公民读者，有时甚至是城市公民作者，我们穿过城市中的交通干线就像我们扫过书中一行行文字。我们在一座座城市中迷路，就像我们迷失在一本本书里，而最终我们重回正确的方向，正如我们重新找到故事发展的线索。

在现实空间当然是有办法防止迷路的：在城市里记得看城市平面图，在乡间或公路上记得看地图，沿海行船就别忘了罗盘海图。但在文学中，可靠的路标是不存在的，因为人们并不为虚构空间绘制地图。我们最多只能制造一些想象的地图集，但这并不意味着我们无法对虚构空间进行思考。尽管格拉克、纳博科夫、布托尔、佩雷克、卡尔维诺、品

---

1 路易斯-塞巴斯蒂安·梅西耶（Louis-Sébastien Mercier，1740—1814），《巴黎图景》作者，该书为千余篇无编号小文章构成的城市报告文学。——译者注
2 参见 Paul Virilio, *L'Espace critique*, Paris: Christian Bourgois, 1984, pp. 27-28: "'故事'（récit）概念的危机似乎是'维度'概念危机的一种表现形式，它成为一种实测故事（récit géométral），用言语来丈量众人可见的真实。"
3 Roland Barthes, *L'Empire des signes*, Paris: Flammarion, coll. Champs, 1970, p. 44.

钦等人都对书本与城市之间的关系有过思考，但与空间解码相关的理论（不仅仅是文学理论）直到二十世纪五十年代末期才得以蓬勃发展。

1957年加斯东·巴什拉出版的著作《空间的诗学》无疑是非常有意义的。巴什拉有不少追随者，比如皮埃尔·桑索[1]，他在1973年出版了里程碑式的《城市的诗学》。尽管标题是综合性的，巴什拉在这部著作中还是坚称，由"恋地情结"（topophilie）[2]触发的对"亲密空间"[3]的探访是主体性最纯粹的回响。他者是缺席的，这里只有"我"的自我表达和镜中的自我审视。在《城市的诗学》中，框架进一步延伸：我们从"恋地情结"过渡到了"都市情结"（poliphilie）；这一研究涵盖了都市空间的大部分（本书以巴黎作为参照对象）并提出了"城市对象诗学"[4]，但他者在这里仍然是缺席的，毕竟它不能占据"我"的空间。

事实上，直到殖民主义基本淡出历史舞台之后，他者（作为外国人）和其形象才得以成为一项特有的研究对象。而我们今天所说的"形象学"这一术语的语义是在六十年代才发展起来的。我们在研究中常常需要采用形象学研究方法，它的内涵是跨学科的，满足所有在观看文化（包括作者在内：写作的自我）和被观看文化之间建立联系的人的需要，这两种文化间存在着巨大的异质鸿沟，对这二者关系的重现都或多（如皮埃尔·洛蒂）或少（如维克多·谢阁兰[5]）有些刻板，因此也不可避免地接近某种典型形象。虽然形象学起源于德国，一个没有多少海外领地（至少从传统定义而言）的国家，但这并不影响它对精细分析文学中的殖民现象发挥重要作用。

---

1 皮埃尔·桑索（Pierre Sansot，1928—2005），法国哲学家、社会学家、作家。——译者注
2 Gaston Bachelard, *Poétique de l'espace*, Paris: P.U.F., coll. Quadrige, 1989 (1957), p. 20.
3 *Ibid.*, p. 17.
4 Pierre Sansot, *Poétique de la ville*, Paris: Klincksieck, 1973, p. 387.
5 维克多·谢阁兰（Victor Segalen，1878—1919），法国著名诗人、作家、汉学家和考古学家，也是一名医生和民族志学者。其一生与中国结下深厚渊源，也因书写中国而负有盛名。——译者注

问题在于：形象学能否担起关于人类空间在文学方面的研究？或者更上一层，它能否胜任从各个方面对人类空间的整体研究？

不，当然不能。事实上，我们也从没赋予形象学这个任务。这里的他者是特点鲜明的世界里永恒的他者，正如德勒兹可能会说的那样，这个世界既同一又否定，充斥着同一性与矛盾性的冲突。形象学致力于为两个或多个实体提供共存空间，但在这空间内绝不允许任何混合。在这种条件下，被观看的空间要么是观看人印象的反映，要么与观看人处在同质的（同一的）阶级，毫不费力就能融为一体。这一空间最核心的功能就是把观看人的自我展现给他自己，然后展现给他作品的接受者。形象学关注的重点不是视线间的积极互动，而是把这些视线相互孤立以便更好地对它们进行分析。

此外，除了形象学之外，至少还有两种传统研究方法可以分析人类空间与文学空间之间的关系，即主题学（或称之为主题批评）和神话批评。

主题批评将城市、岛屿甚至河流山川的主题研究放在首位——这种批评的研究范畴并不与地点严格对应。如果我们做莱茵河主题研究，那么我们就不能把它单纯地当成莱茵河本身，而要把它当成一种河流的范式，一种封闭的边界（limes）和开放的边界（limen）研究[1]——这两个概念与封锁和跨越息息相关。在这样的研究背景下，河流有时是莱茵河，有时是其他河流：谓语的作用要高于主语。

相反，神话批评将重新模拟现实的空间与被再现的现实指称结合在一起，而其前提是该空间能被提升到神话的高度，因此所涉及空间必须极负盛名。在此前提下，威尼斯这个名字的出现频率极高。而我们有充分的理由去叩问这个地名反复出现的本源。威尼斯不仅仅是一个神秘的场域，更广泛地说，它也许构成了神话的理想隐喻。

---

[1] 在拉丁语中，limes 代表一种封闭形态的边界，而 limen 代表一种开放形态、如门槛般可以被跨越的边界。——译者注

总而言之，要是我们回到利摩日的例子上，我们就会发现这座城市无法被纳入神话批评的范畴，虽然"神话集合"这个词是在利摩日[1]提出的，但这个城市本身也许并不具备神话光环。利摩日可能更适于成为城市主题分析的对象；也可能出现在针对巴尔扎克、吉罗杜或西姆农的形象学研究的某个角落。但利摩日自身的文学维度却几乎没有，或者说很少显现出来。难道它真的被剥夺了所有文学维度的可能吗？这才是真正的问题所在。

一

在开始讨论地理批评的假设之前，最好先大致填补一下横亘在二十世纪末的五十和六十年代之间的鸿沟。

在这一时期，有两种相互孤立甚至相互矛盾的现象同时出现。一方面，由于视角持续的中心偏移和视线的不断深入，人们对同质空间的感知逐渐分化成多种多样；而另一方面，我们也观察到了在这一空间中同时推进的全球化进程，它扎根于旧的霸权体系，旨在通过否认边缘地带的国际地位对它们进行压迫，最终以一种结合了唯一性和无界性的思想为名义，抑制多元化的出现，甚至不惜违背多样性原则。

空间就在这离心和向心的双重压力下被左右拉扯，失去了自己的落脚点。空间是浮动不定的：远在意大利开辟海上航路之前，莱昂·巴蒂斯塔·阿尔伯蒂[2]曾用小船一词来评价十五世纪以来意大利动荡不安的政局。今天，这种偏移依然值得我们关注和讨论。早在二十世纪七十年

---

[1] Michel Cadot, in *Mythes, images, représentations. Actes du XIVe Congrès de la S.F.L.G.C.*, Jean-Marie Grassin (ed.), Limoges, 1977, Paris: Didier Erudition, 1981.

[2] 莱昂·巴蒂斯塔·阿尔伯蒂（Leon Battista Alberti，1404—1472），文艺复兴早期意大利的人文主义者，作家、艺术家、建筑师、诗人、神父、语言学家和哲学家。——译者注

代，吉尔·德勒兹和菲利克斯·伽塔利就发展出一套理论，比其他理论都更明确地揭示出要完整呈现人类空间是有多么复杂。他们认为无论多么宽广的领地依然存在逃逸线，并提出了一个关键性问题："首先最好要搞清楚解域、领地、再域和土地之间的关系。"他们并补充道：

> 首先，领地本身与从内部塑造它的解域媒介密不可分。……其次，解域同与之相关的再域不可分割。解域从来不是简单的，它一直具有多面性和复杂性……然而再域却更像一种首次操作，它并不意味着重归领地，而更多地体现出属于解域的差异关系和属于逃逸线的多样性。……至此，解域可以被称为土地的创造者——它创造了一片全新的土地，一个全新的宇宙，而不仅仅是一个再域。[1]

因此，领地非常类似"一个异质元素的集合"[2]，应当把它放在各元素的影响范围中观察。德勒兹和伽塔利将空间和固定性分离，从而强调（间接地）空间与时间性的联系。空间的逃逸线在时间的水平轴上波动随之变化，而同样的，时间的横轴若要使自身具有空间性，也需要发生一定的偏离或驻停。简而言之，时间呈点状，而空间呈波动的线状。因此，将应用在分析特定现象学上的时间分析原理（胡塞尔、芬克等）应用在人类空间分析上并不失当。在1991年出版的《什么是哲学？》里，德勒兹和伽塔利重新提到了解域这个概念，在《真正的诗人》一节里，他们将解域做了这样的比喻："龙虾在水底列队行走，朝圣者或骑士沿

---

1 Gilles Deleuze, Félix Guattari, *Mille Plateaux*, Paris: Minuit, 1980, p. 635.

2 *Ibid.*, p. 398. 需要指出的是，在同一时期的不同背景下，尤里·洛特曼针对将空间视为符号圈，更准确地说，针对空间形象做出了这样的评价："这是一个以整体形式运作的异质混合物。"(*La Sémiosphère*, ch. 8-13 de *L'Univers de l'Esprit*, Moscou: Ed. Université de Tartu, 1996, trad. Limoges: PULIM, 1999, p. 147）。正如巴赫金所言，我们能应付解域过程中的时空体吗？

着天际线前进。"¹ 这两句是这部哲学随笔第四章《地理哲学》的节选。想必有不少名人读过这一章,其中一位就是马西莫·卡奇亚里(Massimo Cacciari),他在1993年成为了威尼斯(又是威尼斯!)的市长。一年后,他出版了《欧洲地理哲学》一书——法语版译作《欧洲的偏斜》——书名里暗含了对德勒兹这章内容的借鉴。² 不过他的观点倒非常明确,那就是"必须冒险在尚无把握的隐匿处,在那些并非显而易见的阴暗处,在那些看似不可能找到一个向导的地方遨游"³。卡奇亚里在1997年出版的另一部引人注目的随笔《群岛》(*L'arcipelago*)中再一次提到了这个话题。人类空间——更确切地说,是欧洲空间——被视为一片群岛,一个"世界,被赋予某种秩序,能相互交流的一系列结构"⁴——一句话,就是汉斯·罗伯特·姚斯(Hans Robert Jauss)所说的"意义的飞地"⁵。从德勒兹/伽塔利到卡奇亚里,空间逃逸线得到了进一步延伸,或者说被进一步切割:后者的研究来源于一个抽象的概念,但重要的是由此衍生出的研究有一个具体的主题,那就是这里,欧洲。正如发展初期的形象学一样,地理哲学也在标明空间的意义上前进,它与形象学相同的另一点就是二者都无法在文学中找到起源。哲学才是地理哲学发展的基础,就像精神分析学孕育了形象学的诞生一样。

近年来,对人类空间的认知变得越来越细化,以至于形成了一类讲述"创造世界"的新型叙事,该概念紧随在德勒兹/伽塔利的解域运动

---

1 Gilles Deleuze, Félix Guattari, *Qu'est-ce que la philosophie?*, Paris: Minuit, 1991, p. 82.

2 Massimo Cacciari, *Geo-filosofia dell'Europa*, Milano: Adelphi, 1994; trad. fr.: *Déclinaisons de l'Europe*, Combas: Editions de l'Eclat, 1996. 在"致法国出版社的简短注释"里,卡奇亚里说明了"这本书是在1991年斯特拉斯堡大学组织的欧洲地理哲学研讨会的一次会议上诞生的……书名是为了感谢大会组织者菲利普·拉古-拉巴尔特和让-吕克·南希,感谢他们给我的研究灵感"(p. 14)。

3 *Ibid.*, p. 18.

4 Massimo Cacciari, *L'arcipelago*, Milano: Adelphi, 1997, pp. 19-20:意大利语原文为:"[...] di *kósmoi*, strutture dotate d'ordine e dialoganti tra loro."

5 Hans Robert Jauss, *Pour une Esthétique de la réception*, Paris: Gallimard, coll. TEL, 1990 (1975), p. 290.

之后。"创造世界"这个词拥有两种解读：如果说的是《圣经》中用六天创造世界的典故，我们称其为"创世记"；而当其所需时间更长，长到能写完一本书的时间[1]——那它就被称作"地理诗学"。在第二种情况下，这一理论倒是有不少支持者，其中最杰出的当属米歇尔·布托尔、普雷德劳格·马夫乔维奇[2]，甚至包括克劳迪奥·马格利斯[3]，他的地理诗学"随笔"《微观世界》获得了1997年的斯特雷加文学奖（相当于意大利的龚古尔奖）。地理诗学可能是人类空间的诗意转录，是对"领地"真正的创造性写作。我们是不是一下把标准定得太高，要求太极端了？在我看来，地理诗学更贴近创作而不是批评——除非我们能抹去这两者之间的区别，但能永远抹去吗？我避免使用地理诗学还有另一个原因，那就是这一术语已经处在特定的意义之下。1989年4月，诗人肯尼斯·怀特创立了国际地理诗学研究所，旨在对生物圈保护、诗歌、生物和环保之间的联系几大主题进行研究。荷尔德林、海德格尔、华莱士·史蒂文斯和公元三世纪的道家代表人物庄子[4]等作家的作品为怀特的地理诗学提供了基石。

讲到这里，问题依然没有解决。也许是时候让我们重新思考人类空间与文学的关系了。是不是该把二十世纪三四十年以来的研究方法联合起来，然后在理论研究上分开讨论呢？难道探讨城市—书本，甚至空间—书本这一隐喻，从书本走向空间，把互文性特质应用在空间上已经行不通了吗？难道不应该完全接受空间的流动性，接受它以"一刻不停地诞生和消亡"这种无限速度进行分裂，尝试定义"无限的暂停阈值"[5]（德勒兹/伽塔利），并深信只有从这阈值出发我们才能短暂探究这段让

---

1 此处作者是指在文学作品中创造世界。——译者注
2 普雷德劳格·马夫乔维奇（Predrag Matvejević, 1932—2017），波斯尼亚作家。代表作《地中海：文化景观》(*Mediterranean: A Cultural Landscape*)。——译者注
3 克劳迪奥·马格利斯（Claudio Magris, 1939—   ），意大利学者、翻译家、作家。代表作《微观世界》。——译者注
4 应为公元前四世纪。——译者注
5 Gilles Deleuze, Félix Guattari, *Qu'est-ce que la philosophie?*, Paris: Minuit, 1991, pp. 112-113.

场域、让瞬间的空间呈现出真实性的缝隙？

总之，难道现在不正是围绕文学和空间的关系对文学进行阐述，从而推动地理批评发展的时机吗？地理批评是这样一种诗学，它的目的不再是对文学中的空间再现进行分析，而是着眼于人类空间与文学的互动，其中最重要的一项核心内容就是对文化身份的确定及不确定性方面的独特见解。[1]

从这个角度出发，地理批评理论的构建并不容易：首先，它本身看上去似乎就是一个悖论。一方面，我们试图确定人类空间的辨识工具，而另一方面，我们一直强调观察者的洞察程度会造成人类空间辨识工具的不断分裂，这二者不是相互矛盾的吗？对此产生疑惑是正常的，甚至是应该的。之所以这种构建相当于空间的总体重组，是因为这一构建要依靠同一类洞察力，而正是这种洞察力又使空间碎片化感知成为可能。我们也因此陷入一个僵局——一个和其他僵局一样无法克服的逻辑困境。我们只能从另一个角度回答这个问题：对空间的全新解读必须抛弃单一性；而将读者带向审视空间的多重视角，或者是对多重空间的感知。地理批评是对群岛诗学的完美呼应，空间的整体性是由组成它的漂浮岛屿之间的理性连接构成的。在所有的空间中群岛是最活跃的，只有意义的滑动不断影响它、晃动它，它才能够存在。当这外力的晃动足

---

[1] 在《空间的生产》（后又多次再版）(Paris: Anthropos, 1974, p. 412) 里，亨利·列斐伏尔就已经对"空间利用知识（科学）"的有用性提出质疑，他是这样回答这个问题的合理性的："（空间利用知识）也许是与典型空间和规范空间的有效批评和速度研究相关的。空间利用知识能不能被称为'空间分析'（spatio-analyse）（或'空间逻辑'，p. 465）呢？也许可以，但为什么要继续加长一个已经够长的名单呢？"这个质疑是正确且合理的，如果尝试用地理批评来回答这个问题，那么最重要的原因就是：近四分之一个世纪过去了，速度在不断加快且不断增长。四年后，列斐伏尔和丹尼尔·贝尔，美国后现代主义领军人物之一，在《资本主义文化矛盾》(New York, 1978) 中提出，继二十世纪第一个十年的主要学术问题，即柏格森、普鲁斯特和乔伊斯等人所关注的时间问题后，对空间组织的反思已经成为西方文化的主要美学问题（不过这种区分在我看来有些极端：对时间的思考和对人类空间的思考几乎是不可分割的）。

够剧烈时,它才能持续呈现出(以火山喷发的形式表现出)意义。当空间成为一片群岛,文化身份就会复杂到无法定义的程度,从而也就无法确定了。地理批评的轨道由于绕开了只有流沙的地面,因此是回旋曲折的。但这样一来,至少它可以避开所谓"僵化刻板"的流沙。在我看来,一切空间的外在形象下都藏着一片群岛。在显微镜下观察,最紧密的结构当属网状结构,再靠近些观察,就会发现网状结构看起来就像一个原子团——一片群岛。我们希望大家能认为地理批评综合并更新了人类空间的研究方法,从而成为感知所有空间中隐藏群岛的微焦工具。通过地理批评,我们能够做到在研究人类空间、文化身份的同时不束缚其流动、变化的本性。地理批评与哲学、精神分析、人文地理学、人类学、社会学和政治学(特别是地缘政治)的许多方面关系密切,因此注定了它的跨学科特性。毕竟从逻辑上来说,如果不从不同的领域(不同的岛屿或小岛)中获取知识,就很难研究群岛空间。

然而,地理批评的首要任务是文学的,无论如何文本才是它的支撑。它把作品和作品再现的人类空间进行比较,一方面作品构建人类空间,另一方面人类空间也构建着作品。因此正如我们多次强调的那样,人类空间和作品是互相作用的。地理批评的原则非常简单,而正是这种单纯性带来了相当多的思考,引发了一系列的关注和质疑。

二

地理批评最好是从地图集(它本身具有不确定性,现在是以后永远也是)上明确绘有的人类空间出发。但是,界定空间与文学之间的关系从一开始就出现了特定困难:一部重现"真实"(现实)空间的小说如何与一部展现虚构的、真实世界之外的乌托邦空间的作品区别开来呢?

让·鲁铎在1990年发表的题为《法国文学中的想象城市》的文章

中解决了这个问题。鲁铎是米歇尔·布托尔的朋友和追随者，他认为"只要开始写作就会有一个想象中的城市简图"[1]，从这个意义上说，精确区分不同类型的空间是没有必要的。因此，"城市是在精神空间中展开的"[2]，也正因为此：

> 一座城市，无论是叫巴黎还是罗马，在小说中它都会成为词语的建构，同时这种建构伴随着对城市本身的解释。这种描述重新创造了这些地点，就像一幅画一样，重要的不是与这个地名涵盖的实际地理地形保持完全一致，而是要合乎整个文本组织的需要。[3]

让·鲁铎在某种意义上进一步解释了他的观点：

> 我们必须分清楚的是，在小说再现的城市中，哪些城市是有意让我们想起真实空间的，哪些显然是想象虚构的。[4]

鲁铎随之引入了一个新的变体：以真实城市为模板的虚构城市。这样的例子不胜枚举，其中最出色的几个为《红与黑》中的维利耶尔/贝尚松、《包法利夫人》中的雍维尔/鲁昂以及马塞尔·儒昂多作品中的夏米纳杜/盖雷。[5] 最后，如果我们总结一下鲁铎的城市观，大致可以认为

---

[1] Jean Roudaut, *Les Villes imaginaires dans la littérature française*, Paris: Hatier, coll. Brèves, 1990, p. 23.

[2] *Ibid.*, p. 86.

[3] *Ibid.*, p. 23.

[4] *Idem*.

[5] 这个分类没有被收录在《想象地名词典》（Arles: Actes Sud, 1998）中。这本书的编者阿尔贝托·曼古埃尔和吉阿尼·盖德鲁培是这样解释的："我们决定不收录像普鲁斯特的巴尔贝克、哈代的威塞克斯和福克纳的约克纳帕塔法这样的地方，因为其实际上是一种伪装，或者说是真实存在的地点的化名，这种方式可以让作者在谈论某个城市或国家时感到自由，而不被这一地点的实际图景所限制。"(p. 8) 为了确保万无一失，他们还加上了一句："这一点也模糊了我们对'想象'的定义。"(p. 8)

文学中重现的地点与可能指向真实的指称间大致有三种关系：第一种因其如实反映城市本来面貌的（所谓"地名合同"）明显特点，我们把它称作重置关系（比如巴黎）；第二种是无论是否点明但依然存在的变形关系（维利耶/贝尚松）；第三种是完全无视任何现实指称、任何地名基础的纯虚构关系（如乌托邦、埃瑞璜）。由此我们还可以延伸出几个合理的变形：诈欺合同（《帕尔马修道院》）和无效合同（埃里奥·维托里尼在最后的笔记中，明确写明了《西西里谈话》中的西西里"是偶然选中的；只是因为我觉得西西里比波斯或者委内瑞拉听起来顺耳"[1]）等。[2]

这种分类法仅适用于处理"真实"城市和"文学"城市之间的联系（也就是鲁铎口中的"虚构"城市），因为：

> 城市的文学地位随着语境的改变而变化，在一本地理书里，所有城市的命名都是为了明确指向一个建筑，政治和经济组织，但一部虚构作品中提到的每一个"真实"城市都变成了虚构的。[3]

这句话看上去似乎无伤大雅，但它却带来了新的困难：从哪一个瞬间开始一部作品才能算作虚构作品？总之只要文学和虚构还息息相关，

---

1 Elio Vittorini, *Conversation en Sicile*, Paris: Gallimard, 1948, p. 213.
2 盎格鲁-撒克逊后现代批评不止一次地分析现实世界和想象世界之间的关系，二者的相交处被称为"区间"（这个词来自诗人阿波利奈尔）。在《后现代主义小说》里（London & New York: Routledge, 1987, pp. 45-47），布莱恩·麦克哈尔对这两种世界的四种关系进行了区分：（熟悉但不相邻的空间的）并列关系、（一个想象空间存在在一个熟悉空间，或者在两个相邻的熟悉空间之间的）介入关系、（从两个熟悉空间出发建立第三个想象空间的）覆盖关系，以及（把某熟悉空间本不具有的特性归于此空间的）谬误归类关系，《帕尔马修道院》就是这样的例子。地理批评要探求现实世界的边界。不过有时这种关系会倒置，而这些循环关系会成为更大循环的组成部分：因为有时"现实"世界也会烙上"想象"世界的印痕。小镇伊利耶尔原本在沙特尔大教堂的荫蔽下过着悠然自得的日子，直到我们知道了普鲁斯特的姨妈在这里居住，而他又在《追忆逝水年华》中将姨妈的住所设在了小镇"贡布雷"。就像新芽遮蔽了旧根，伊利耶尔便由此更名为伊利耶尔-贡布雷。
3 *Ibid.*, p. 39.

那就必须弄清楚文学性是从哪部分开始的，从而了解城市在文本中的形象是否是虚构的。由此反推，我们应该更能把所有出现虚构城市的文本定义为文学性的。长久以来，城市一直是迷宫式的，里面充满了死胡同。

地理批评不必沿着这条死胡同走下去，因为它建立在完全相反的基础之上：即便人类空间与文学相融合，也不会因此就成为虚构的；文学赋予了城市一个想象的维度，甚至更好——通过把空间引入互文性网络中来，文学将城市的想象维度内化了。地理批评事实上不仅能用来研究空间—文学的单向关系，还要用来研究一种真正的辩证法（空间—文学—空间），它意味着文本是空间自我转化的载体，空间被文本同化后才能完成自我转化。文学与人类空间的关系并不是固定的，而是高度动态不断变化的。移植到文学中的空间会影响对所谓"真实"指称空间的再现，激活这个基础空间中一直存在却一直被忽略的虚拟性，为阅读带来全新的导向。如果说城市就是一部书，甚至是一部隐迹本[1]，那它自然成了接受美学的研究对象，我们便可以依照热拉尔·热奈特（Gérard Genette）和汉斯·罗伯特·姚斯的指示来阅读它。

克劳迪奥·马格利斯很快就认识到的里雅斯特，他的故乡，是一座纸的城市，因为"与其说的里雅斯特孕育了斯维沃、萨巴、斯拉泰伯这一批诗人[2]，不如说是他们滋养创造了这座城市，赋予了它一张脸，也许这座城本身并不是这样的"[3]。直到19世纪，的里雅斯特还是一块未与文学建立联系的"处女"空间，而现在它却一点点变得信息过载了，以至于马格利斯把这里称作"文学的平方"[4]。我们可以毫不费力地说，一旦文

---

1 擦掉旧字写上新字的羊皮纸稿本，但可用化学方法使原迹复现。——译者注
2 伊塔洛·斯维沃（Italo Svevo, 1861—1928）、翁贝托·萨巴（Umberto Saba, 1883—1957）、西庇阿·斯拉泰伯（Scipio Slataper, 1888—1915）均为的里雅斯特本土诗人。——译者注
3 Angelo Ara, Claudio Magris, *Trieste. Un'identità di frontiera*, Torino: Einaudi, 1987 (1982), p. 16：意大利语原文为："Svevo, Saba, Slataper non sono tanto scrittori che nascono in essa e da essa, quanto scrittori che la generano e la creano, che le danno un volto, il quale altrimenti, in sé, come tale forse non esisterebbe."
4 *Ibid.*, p. 190.

学获得了与包围它的空间相同的力量，文学的平方就会把这片空间变成文学空间的平方。要让上述略显怪异的数学公式成为可能，那么作为研究对象的空间最好已经有了非常出色的文学置换——因为只有当空间和文学相互融合才会出现几何变量（这在数学里看起来怪异，但在文学上是确实可信的！）。的里雅斯特就属于这样的情况，圣彼得堡/陀思妥耶夫斯基、都柏林/乔伊斯、布拉格/卡夫卡、丹吉尔/鲍里斯和里斯本/佩索阿也属于这一类型。在这里，人类空间和文学密不可分，想象与现实相互交织；这些所指城市与我们之前所设想的也不完全一样了。简而言之，就是作家成了自己城市的创造者。陀思妥耶夫斯基和卡夫卡是现代文坛的宇宙级英雄；乔伊斯、斯维沃和佩索阿拥有最真实的权威；他们都对他们的城市拥有作者职能。[1]

在某年冬日飞往里斯本的飞机上，意大利《晚邮报》的记者詹弗兰科·迪奥加迪读完了《不安之书》。在到达这座塔霍斯河尽头的城市时，他开始觉得，或者说他注定会觉得"城市就像一本等待翻阅的书，甚至在我们读它之前就是了"[2]。而这一次，书的作者是佩索阿。神话里尤利西斯/有人建立了欧里斯波那[3]（里斯本的前身），佩索阿[4]/有人书写了里斯

---

[1] 然而，一个城市并不一定需要一个文学上的父亲或母亲。大城市的文学家谱早已模糊不清，淹没在所有那些让它跃然纸上的广大作家里。伦敦、纽约、罗马或威尼斯等城市本身也已经被书籍渗透。卡尔维诺非常清楚这一点，他写道："对我而言巴黎在成为现实中的一座城市之前，先是一座通过书籍想象的城市，和其他国家的数百万人一样，是一座通过阅读来了解的城市。" in *Eremita a Parigi*, Milano: A. Mondadori, 1994, p. 190.

[2] Gianfranco Dioguardi, "Lisbona fugge dalle acque", in *Il Corriere della Sera*, 24.01.1992：意大利语原文为："[...] la città come un libro da sfogliare prima ancora che da leggere."

[3] Oulissipona，亦为 Ulisaypo 或 Olissopo，里斯本的前身，《奥德赛》中尤利西斯在特洛伊战争后的返航途中建立了里斯本城。作者在这里设置了一个文字游戏。在希腊神话中，独眼巨人将尤利西斯称作"Personne"，这个词可以理解为"人"（否定句中就表示"没人"），下文中的佩索阿（Pessoa）同理。尤利西斯建立了里斯本，佩索阿书写了里斯本，如果将他们的名字都换成他们的别称，那么听起来就是"有人建立了里斯本，有人书写了里斯本"，那么我们剩下的任务就是仔细阅读里斯本了。——译者注

[4] 佩索阿（Pessoa），葡萄牙语中意为"人"。——译者注

本，剩下的就是读这座城了，"游人读者"的欢乐也会因此而尤为强烈。另一位意大利记者在与安东尼奥·塔布齐[1]一起在里斯本自由大道上漫步时，发现"在某一面白色塑料墙上清晰地印着一个小小的黑色人像，大概是某人用印章或者橡皮图章盖上去的"[2]。塔布齐，这位《印度夜曲》的作者，佩索阿的第七十三个异名[3]，很快就揭开了这个谜团：一幅无名氏勾画的佩索阿的（人的）剪影。

虽然地理批评从文学出发，但它的最终目的是要超越文学领域，将空间中阐释人性的虚构部分抽离出来。这一点与神话批评有相似之处，但二者对待主题的方式南辕北辙：地理批评能够探测到真实与虚构互相渗透的空间再现（或重新表达）内隐藏的神话主题。对于空间现实维度和虚构维度的严格区分一开始就是无用的。因此，我们将几类象征多元人类空间的基本神话模型放在最重要的位置。时至今日，地中海的城市和岛屿依然与我们对神话中一个个鲜活名字的记忆水乳交融：埃涅阿斯、狄东、尤利西斯、伊阿宋、美狄亚、忒修斯、欧罗巴等等；在别处，有时甚至是很远的地方，这一类的细节让现实变得更加丰富。地理批评从群岛最初的起源、最古老的再现中汲取营养。

三

我必须再一次强调，地理批评是动态的。人类空间不应被视为一旦被插入历史长河就不再移动的一块巨石，如果有这块巨石的话，它应该

---

[1] 安东尼奥·塔布齐（Antonio Tabucchi，1943—2012），意大利著名作家、重要的佩索阿研究专家和翻译者。——译者注

[2] Stefano Malatesta, "Lisbona: Benvenuta con i sogni di Pessoa", in *Panorama Mese*, novembre 1985. 我在文章《被反面统治的地方：二十世纪里斯本的文学感知》中收集了不少这类由意大利人再现的里斯本逸事。*Revue de Littérature Comparée*, avril-juin 1995, pp. 203-214.

[3] 佩索阿一生中创造了七十二个异名。——译者注

处于历史长河的中心位置。即使人类空间处于系统的中心，它也不应被当作一个自我指涉的、无视外部环境自我封闭的整体加以研究；而应像朱利安·格拉克所说的那样，把它当作一个不断激起"无序增殖"[1]的生殖细胞。正因于此，它才能不被教条主义所束缚，得以避开一种单向的时间锚定。所有的空间都同时在绵延（durée）和瞬间中展开，正因其充满了无限潜在的可能，它才得以在几个绵延的维度里展开，或者至少在几个共存瞬间的多元性里展开。这就意味着如果空间是移动的，那它本质上就是在时间里移动。空间处在它的历时性（时间层面）关系和共时性（它所容纳的多个世界的共可能性）切面中。因此，人类空间是不断涌现的，它处在无限的再域运动中。地理批评不会试图僵化对空间的再现，毕竟空间无法用公式来表示：它要做的只是理解解域过程中的一个阶段——这已经够雄心勃勃了。地理批评的研究结果也注定是暂时性的，因为地理批评带来的再域总会与解域过程新阶段的开始相衔接。对于地理批评而言，人类空间和在其内部发生的活动（人类空间为人类提供活动空间，有时甚至是活动材料）一样，具有异质性和组合性——一言以蔽之，它是异序的。从时间的角度而言，任何对空间的再现都只是一个插曲。

人类空间与再现它的文本之间的关系就像特洛伊古城与施里曼[2]的关系。每篇再现空间的文本与它所再现的空间的关系就像一个错综复杂的树根上冒出的一颗新芽。人类空间的时间层次部分地取决于它的互文性价值。[3]只要文学史与短暂的历史——它多少是令人怀疑的——有区

---

1 Julien Gracq, *La Forme d'une ville*, Paris: Corti, 1988, p. 28.
2 海因里希·施里曼（Heinrich Schliemann，1822—1890），德国传奇考古学家，特洛伊古城的发现者。——译者注
3 在亨利·列斐伏尔的《空间的生产》中，通过区分空间的再现（构想空间）和再现的空间（生活空间），列斐伏尔认为社会空间的多样性可与千层蛋糕的"千层"相媲美。而千层蛋糕的重重分层同样让我们联想起书籍的"结构"（这一点列斐伏尔似乎没有想到），由此我们就能得到一条惊人的等价关系：书＝千层蛋糕＝空间。

别（不过在叙写宇宙起源方面，这二者有时会扎根于同样的神话素材），我们就能从再现文本的不同历时性层面仔细观察历史上关键性事件带来的影响。即便今天的里斯本已经打上了佩索阿难以磨灭的烙印，但它毕竟也曾是尤利西斯的封地。而且，里斯本这座城市深处还隐藏着其他宝藏。这座城市目送水手们扬帆远航，更守望着一场回归。在1578年凯比尔堡战役[1]战败后，葡萄牙国王唐·塞巴斯提昂消失了。一个关于国王的神话也随之诞生：他在幸运群岛[2]上避难，会在一个大雾弥漫的清晨回来，从西班牙人手里解放他的国家。[3] 从此之后，在许多作家眼中，里斯本成了一个有时能够打破抽象等待的地方，就像安东尼奥·洛博·安图内斯在《帆船的返航》中写的那样。从尤利西斯时代开始直到航海者亨利[4]和路易·德贾梅士[5]时期，里斯本还是一个向往海洋的城市，但之后就变成了一座等待之城，再随后萨拉查[6]的独裁统治让这座城市开始自我封闭（虽然依然推行殖民政策，不过效果欠佳）。每一次我们探

---

[1] 凯比尔堡战役（la bataille d'Alcacer-Quibir），是1578年8月4日发生在摩洛哥北部马哈赞河附近的凯比尔堡（葡萄牙称阿尔卡塞尔·吉比尔）的一次战斗，参战的一方为葡萄牙国王塞巴斯提昂和摩洛哥前苏丹穆泰瓦基勒的联军，另一方为摩洛哥苏丹阿布德·马立克率领的摩洛哥军队。葡萄牙国王塞巴斯提昂战死，凯比尔堡战役从而也称为葡萄牙由盛转衰的转折点。——译者注

[2] 幸运群岛（les îles Fortunées），现称为加那利群岛与马德拉群岛，在16世纪末到19世纪初，被海员们公认为一个美丽得像天堂的群岛，在哥伦布时代之前，人们以为这些群岛就是最靠近地球边界的地方。——译者注

[3] 由于从战场回来的人没有一个亲眼看见国王丧命，因此人们想象他还活着，不久就要回到人民中来，继续完成复兴国家的大业。这个想象后来引发了"期盼塞巴斯提昂回国主义"的思潮，人们自欺欺人，盼望着不可能归来的塞巴斯提昂突然归来。"国王会在一个大雾弥漫的清晨回来"，也成为葡萄牙人民的口头语之一。——译者注

[4] 航海者亨利，即亨利王子（Henry the Navigator/Henri le Navigateur, 1394—1460），全名是唐·阿方索·恩里克（O Infante Dom Henrique, Duque de Viseu），葡萄牙亲王、航海家，因设立航海学校、奖励航海事业而被称为"航海者"。——译者注

[5] 路易·德贾梅士（Luís de Camões, 约1524—1580），被公认为葡萄牙最伟大的诗人。他的诗被与荷马、维吉尔、但丁和威廉·莎士比亚的作品相提并论。——译者注

[6] 安东尼奥·德奥利维拉·萨拉查（António de Oliveira Salazar, 1889—1970），葡萄牙总理（1932—1968），1951年任葡萄牙总统。作为葡萄牙的独裁领导者，他统治葡萄牙达36年之久。——译者注

访一座城市，它的悠久历史就会随之涌现，在里斯本更是如此。读者/访客的期待视野与城市本身的历史相互渗透。这座城市的表面与其他所有城市、所有人类空间一样，既是它自身，又是所有层次中的一层。现在是过去的最近阶段。同样，可感知的空间是沉淀的结果。只要与人类相关，空间就是一座和平富饶与恐惧暴力并存的博物馆。而正因为它历时性的多样（历史性、神话性、总体而言的互文性），空间的再现将变得更加复杂，其转化的节奏也会加快。文学展现出的空间极易受到偶然、偶然性、将要发生的事件和已经发生事件的影响，因为这空间是人类活动主导的。

寻找空间的作家在解域的两种运动间演变。他处在一种长期偏离的状态里，如果他是清醒的，他就会认识到，反复造访一个富有文学内涵的地点意味着走向一个时间间隙。人类空间在此刻浮现，而此刻又参与构成了胡塞尔的学生——欧根·芬克口中的"原印象"（archi-impression），换句话说，"此刻在不同印象层次的多样性中生成，而不同印象层次正是通过相互间的互惠依赖为全部的此刻打下基础"[1]。任何对此刻混杂性的减少都是不合理的，因为这一点是研究"此刻"无法回避的问题。另外，如果说此刻是一个异质瞬间的集合——或者说是一个异质受力点的集合，每个瞬间都是独立的，就像姚斯受齐格弗里德·克拉考尔[2]影响而说的那样，这些瞬间"实际上分属于不同的曲线，只遵从符合自身特定历史的特定法则"[3]。因此，"时间上的同时性只是表面上的同时性"[4]。只要我们把这种观点应用在空间感知上，我们就会注意到人类空间与瞬间一样，它所分属的曲线数量与它的异质程度成比例。通过地

---

1 Eugen Fink, *De la Phénoménologie*, Paris: Minuit, 1974 (1930–1939), p. 37.
2 齐格弗里德·克拉考尔（Siegfried Kracauer, 1889—1966），德国著名电影理论家，1941年定居美国，进行电影史和电影理论研究。——译者注
3 Hans Robert Jauss, *Pour une Esthétique de la réception*, Paris: Gallimard, coll. TEL, 1990 (1975), p. 76.
4 *Ibid.*, p. 76.

理批评，我们试图阐明人类空间的现实性是不协调的，人类空间的此刻受一组异步节奏影响，这组节奏让所有对空间的再现都极其复杂，任何对这组节奏的忽视都是对这个问题的过分简化。影响人类空间的异步性并不是一种精神的模糊建构，一种抽象的假设。它出现在街道和山路的拐角处。城市在它的当下绝不是单一的。它既是中心又是边缘；在城市的社会演变中，作为菲斯泰尔·德·古朗士[1]口中的城邦，城市可以是"贵族化"空间，也可以是"贫民化"空间。城市由街区构成，而街区不仅是对空间碎片化的呼应，更是城市的符号——像所有受人类法典管理的空间一样——城市与它自身从来都不同步。就像亨利·列斐伏尔说的那样，城市是一个"多节律体"[2]。以巴塞罗那为例，对巴塞罗那再现的精确程度要根据观看者从街区多样性角度再现不同街区形象的能力来估计。巴塞罗那是卡门·拉福雷特[3]或爱德华多·门多萨[4]口中的扩建区[5]；是弗朗西斯·卡尔科[6]、让·热内[7]、安德烈·皮耶尔·德·曼迪亚古斯[8]

---

[1] 菲斯泰尔·德·古朗士（Fustel de Coulanges, 1830—1889），《古代城市：希腊罗马宗教、法律及制度研究》一书的作者。——译者注

[2] Henri Lefebvre, *La Production de l'espace*, Paris: Anthropos, 1974, p. 236.

[3] 卡门·拉福雷特（Carmen Laforet, 1921—2004），西班牙女作家，生于巴塞罗那，代表作《空盼》以其在巴塞罗那的童年生活为灵感。——译者注

[4] 爱德华多·门多萨（Eduardo Mendoza, 1943—   ），西班牙著名作家，生于巴塞罗那，著有小说《外星人在巴塞罗那》。——译者注

[5] l'Ensanche为加泰罗尼亚语，意为"扩张"，指巴塞罗那城中的"扩建区"（Distrito del Ensanche），现为（Distrito del Eixample），其特色在于城区内令人惊叹的网状道路系统。这里还坐落着众多酒吧和餐厅以及现代主义建筑，如高迪的巴特洛公寓（Casa Batlló）和圣家堂（Sagrada Familia）。——译者注

[6] 弗朗西斯·卡尔科（Francis Carco, 1886—1958），法国作家，在其1929年发表的小说《西班牙之春》中特别提到了中国城。——译者注

[7] 让·热内（Jean Genet, 1910—1986），法国著名作家，其半自传体小说《小偷日记》中出色描写了巴塞罗那的穷人聚集区（le Barrio Chino）。——译者注

[8] 安德烈·皮耶尔·德·曼迪亚古斯（André Pieyre de Mandiargues, 1090—1991），法国超现实主义作家，在其1967年获得龚古尔奖的小说《空白》中描写了中国城。——译者注

笔下的唐人街；是克劳德·西蒙[1]和曼努埃尔·巴斯克斯·蒙塔尔万[2]笔下的兰布拉大道；是梅尔赛·罗多雷达[3]甚至胡安·马赛·吉纳尔多[4]笔下的恩典区[5]。这些街区有时会同时被这些作家高频提起，甚至被挨个写到！这些街区作为无差别的城市整体，它们会在到访者的眼中被压缩，但它们从不属于同一个共时层面。下面我将借用姚斯美丽的星球隐喻来解释这个概念。"天空中的星星似乎是同时出现在我们眼前的，但对于天文学家而言，这表面上的'同时性'显得不堪一击：每一颗星球距离我们的光年几乎都大不相同。"[6]我们可以进一步补充，参观者眼中的城市空间也并不是看上去那样平稳展开。人类空间的特点也是每个作家在再现这个空间时要面对的特点。凭借记忆这个媒介，观察者通过自我审视就能出现在几个时间层面中。观察者与空间的关系并不一定是单向（monochrone）的。通过对同一个地点的多次到访，观察者可以同时在两个甚至多个时间层面（历时性游览）里穿行：在格拉克的小说《城市的形状》(1988)里我们能读到南特的昨天和今天，在卡尔洛·莱维的《所有的蜂蜜都喝完了》(1964)中我们能领略撒丁岛的前世今生，等等。此外，在共时性层面上，常常出现的情况是当作者提到一个地点，实际上

---

[1] 克劳德·西蒙（Claude Simon，1913—2005），法国新小说作家，在其小说《豪华旅馆》中描写了内战时期的巴塞罗那，故事发生的地点即为兰布拉大道。——译者注

[2] 曼努埃尔·巴斯克斯·蒙塔尔万（Manuel Vázquez Montalbán，1939—2003），西班牙作家，生于巴塞罗那，兰布拉大道是其著名系列侦探小说《佩佩·卡瓦略探案集》的主要故事发生地之一。——译者注

[3] 梅尔赛·罗多雷达（Mercé Rodoreda，1908—1983），西班牙女作家，生于巴塞罗那，其代表作《钻石广场》描绘了恩典区一位普通女性娜塔莉亚在西班牙内战期间被撕裂动荡的个人生活。——译者注

[4] 胡安·马赛·吉纳尔多（Guinardó de Juan Marsé，1933— ），西班牙作家、小说家，生于巴塞罗那，在恩典区附近长大。——译者注

[5] 巴塞罗那恩典区（Gràcia）在19世纪末以前是一个独立的城镇，直至今天它仍然是一个略显拥挤的小城。当地人因自己身为恩典人而深感自豪，他们不说自己来自巴塞罗那，而是恩典区。——译者注

[6] Hans Robert Jauss, *Pour une Esthétique de la réception*, Paris: Gallimard, coll. TEL, 1990 (1975), p. 77.

投射的是另一个更远的地方。这种处理可以说是一种真正的隐喻手法。阿兰·罗布-格里耶和米歇尔·布托尔笔下的汉堡和利物浦事实上是伊斯坦布尔的投射；纳迪姆·古赛尔笔下的伊斯坦布尔实为普瓦捷；米洛拉德·帕维奇和依姆托德·莫格娜笔下的伊斯坦布尔则分别意指贝尔格莱德和黑山；至于帕慕克，则可能是用它指代叙利亚或埃及的某些地区。[1]

　　访问者的时空就这样嫁接或是混入了被再现地点的时空中。作者每为一座城市加入几分色彩，就为这座城市又覆盖上一层形象；这种极速增加的增殖打开了空间研究的更多视角。

　　在这些视角中，由维特根斯坦、刘易斯、德勒兹等人发展起来的可能世界理论无疑是其中的佼佼者。二十世纪的城市就是一个不折不扣的人类空间，换句话说，是一个由自身连续性定义的世界组成的共可能体。城市与其他人类空间一样，也可以归入这个既是一又是多的群岛整体。地理批评就是要探索将城市融入并绑定历史，且赋予它自身历史的层面，此外在共时性层面上，我们要通过城市的非同步性走近它。

　　地理批评的主要任务之一就是引导观看者，或使以他人书写记录为基础重新生产空间的人认识到他们所看到或再生产的内容的复杂性。换句话说，他们眼中的人类空间不能是显而易见的，他们所感知到的应该是一条指向可能性的线索，他们依靠它来定义空间的连续性。不过无论如何，如果用线来象征空间的连续性，那么这条线就该是逃逸线。人类空间既面对时间又在时间之中，它是一座花园，里面布满了通向四面八方、上下左右的小径。

　　之前在讨论空间的互文性维度时，我们将空间提到了平方层面；而

1　以上提到的小说分别为：让·李卡度，《新小说》，Paris: Seuil, 1978，阿兰·罗布-格里耶手稿《摄影机反思》，p. 172；米歇尔·布托尔，《地点的天才》，Paris: Grasset, 1958, p. 30；纳迪姆·古赛尔，《伊斯坦布尔长夏》，Paris: Gallimard, 1980, p. 149；米洛拉德·帕维奇，《风的反向或赫洛与勒安德尔之书》(尚未有法语译本出版)；依姆托德·莫格娜，《君士坦丁堡的婚礼》(尚未有法语译本出版)；奥尔罕·帕慕克，《黑书》，Paris: Gallimard, 1994, p. 280。

现在我们将它提高到了立方层面。

四

形象学研究的全部重点就是文学中对外来者的再现。就像让-马克·穆拉（Jean-Marc Moura）指出的那样，形象学"拒绝把文学形象当作一个先于文本存在的外来者的体现或者一个异国现实的复件。它更愿意把文学形象当成一种幻想、意识形态，或是个人乌托邦的指向，而这一指向事实上是一种幻想他性的意识"[1]。总而言之，形象学研究抽离了指代的地点本身，把所有的重点放在作者处理地点的方式上。为了突出再现的主体，被再现的客体消失了。对穆拉而言，形象——镜子，或者"失真反映现实的"形象，这一类假设是一个"错误的命题"。[2] 如果我们仅从作者的角度或者特定作者的角度出发的话，穆拉的观点完全正确，但如果我们把空间所指放在首要位置进行研究，我们又可能会陷入"粗暴的跨学科性、民族主义，甚至对未归顺人民的心理学研究中去"[3]。如果我们把空间所指当成单一的、稳定的——只要它从未被奴役过——那么它就能免于被当作对象不断加以再现，穆拉的观点也有道理。但对地理批评而言，空间的本质是复调性的、浮动的，穆拉的观点在这里就不再合理了。地理批评会审查这一所指，不再把对它的文学再现当成是失真的，而是把它当成这一所指的构成者，或者说合作构成者（出于跨学科性的要求）。考虑到已经阐述的这些前提，我们可以说在特定的语境中，所指和对它的再现之间是相互依存，甚至是相互作用的。我会不厌其烦地强调这一点：所指与再现的关系的动态的，是辩证法的一部分。

1　Jean-Marc Moura, *L'Europe littéraire et l'ailleurs*, Paris: P.U.F., 1998, p. 41.

2　*Ibid.*, p. 40.

3　*Ibid.*, p. 36.

从这个角度出发，地理批评就必须放弃研究对"他者"的再现，因为"他性"在形象学中已经得到了充分阐释。如果真实的人类空间成为可以接受的所指，成为一个相关的地标，那么它完全也可以成为一系列作家的公分母。

形象学研究首先要扩张的领域就在于将一系列对他者的再现和他者在空间中不断演变、他者与空间的关系研究结合起来。即使研究者依然会把"幻想他性的意识"作为研究重点，但毫无疑问的是，只要空间还被感知，而且被不同作家再现，这个空间就会被重新聚焦。被个人主观再现的客体空间就也因此成为研究的主题。在姚斯重新定义"接受理论"的范畴之前，形象学长期以来也是认可这种"接受理论"研究的。应该顺便指出的是，我们也注意到在这些研究的标题中，主体（观看者）—客体（被看）之间的顺序似乎是无关紧要的。所以我们会读到让-玛丽·贾蕾的《旅行者和作家在埃及》（1932，1990）、弗朗索瓦·约斯特的《旧法国信件中的瑞士》（1956）。显然，第二个标题引发了形象学与地理批评之间的交集。

但这个交集实在太窄了。地理批评并不仅仅满足从"异国"维度来感知空间，即使它从这一点出发，我们也能很容易想到它应该联系多种文化来观照同一空间。比如我们把瑞士放在描写瑞士的法国信件和英国信件中同时研究，那它会变成什么样呢？如果这个主题会引发质疑，这个疑问也与先前多重视角的方法论优点和多重（甚至三重）再现系统的好处无关，而是涉及这种选择带来的结果……只要其最终结果是具体可感的。因为这个主题中不确定的部分，研究者会来确定它。

虽然地理批评依然把作者放在重要的研究地位，却并不是指把作者作为唯一的研究对象。空间从单一目光审视下的独白中挣脱出来，成为一个焦点，一个让自身变得更加人性化的焦点。相异性/同一性这一组对立也不再由对他者的单向投射所主导，而变成二者的相互投射。空间的再现则是来自二者间的往返,而不只朝着一个方向,只朝着向他者方向——而且一直如此——却永远忽视二者间的相互影响。地理批评分析的原则在于两种观点碰撞:一种是本土的,另一种是异地的,二者相互更正,相互补充,相互丰富(至少从打算再现这两种观点的评论者角度看来是这样)。空间书写会是一直单一的,而地理批评对空间的再现则是诞生于尽可能多样化的个人书写。在十八世纪末,歌德《意大利游记》和维旺·德农《西西里游记》中的西西里还是一片现代文学的处女地:他们开始把一些大杂烩式的传说故事与西西里岛挂钩;因为一次令人遗憾的意外,西西里岛在十三世纪后(除西西里诗派外)再也没有出现伟大的作家。所以对歌德和德农而言,西西里的现时性被抹杀了:这个岛似乎永远停留在古代。最近,西西里开始成为阿尔贝尔·赛尔斯特凡[1]、多米尼克·费尔南德兹[2]和劳伦斯·德雷尔[3]作品中的主题。不过这时作家们无法再回避这座岛的现状和文学创作:西西里已经成为一个被乔瓦尼·维尔加[4]、路伊吉·皮兰德娄[5]、埃利奥·维托里尼[6]、维塔利

---

[1] 阿尔贝尔·赛尔斯特凡(Albert t'Serstevens,1886—1974),定居在法国的比利时裔小说家。在1958年与妻子一并出版了游记《西西里岛、撒丁岛和艾欧里亚群岛——意大利之行》,游记中插图均为妻子所绘。——译者注

[2] 多米尼克·费尔南德兹(Dominique Fernandez,1929—),法国小说家,散文家和旅行作品作家。1982年获得龚古尔奖,2007年入选法兰西学院。1998年出版《巴勒莫与西西里》。——译者注

[3] 劳伦斯·德雷尔(Lawrence Durrell,1912—1990),英国小说家、诗人、剧作家。1977年出版游记《西西里旋转木马》。——译者注

[4] 乔瓦尼·维尔加(Giovanni Verga,1840—1922),是意大利真实主义(Verismo)作家,最为出名的是他家乡西西里岛生活的描写。——译者注

[5] 路伊吉·皮兰德娄(Luigi Pirandello,1867—1936),意大利小说家、戏剧家。1934年获诺贝尔文学奖。代表作品有《六个寻找剧作者的角色》和《亨利四世》等。最初的小说多以故乡西西里为背景,作家用准确、幽默、带有自然主义的笔调,描写这个海岛的风物俗尚,反映世态人情。——译者注

[6] 埃利奥·维托里尼(Elio Vittorini,1908—1966),1908年生于西西里岛的锡腊库扎,1941年,发表了他的主要代表作《西西里谈话》。——译者注

亚诺·布兰卡蒂[1]、朱塞佩·托马西·迪·兰佩杜萨[2]、莱昂纳多·斯卡西亚[3]、格瓦西多·布法利诺[4]等众多名家（其中一位还获得过诺贝尔奖）作品填满的极度丰富的空间。就像维旺·德农一样，德雷尔也对古代有所偏爱，他引经据典，对斯丹达尔重视罗马和那不勒斯而忽视西西里感到遗憾；但与德农不同的是，他的观点与当地文学背景息息相关："一个西西里作家也许本可以成为一个出色的向导，但过去我们对这座岛文学的无知简直深不可测。"[5]形象学研究方法就会从德雷尔的这段自白出发，把它与德雷尔（不过他了解很多当代希腊作家）作品的分析联系起来。但地理批评则会把德雷尔的这段话放在再现西西里的作品网中考虑。这时我们就会发现，德雷尔口中所谓的"对西西里文学的忽视"并没有出现在他的同行身上。在研究西西里岛文学时，我们不会再无视参观者与西西里文学的关系；同样，西西里人和西西里作家也会在他者的目光和书写里发现自己。从此，他性不再是被观看文化的专利，因为被观看文化自身也成了观看者。从这一点出发，所有的再现都处于同样的辩证过程中。采取地理批评视角，就意味着要采取多重视角，这视角就位于本

---

[1] 维塔利亚诺·布兰卡蒂（Vitaliano Brancati, 1907—1954），1907年生于西西里，意大利作家，1942年出版小说《西西里唐璜》，后被改编为同名电影。——译者注

[2] 朱塞佩·托马西·迪·兰佩杜萨（Giuseppe Tomasi di Lampedusa, 1896—1957），帕尔马公爵和第十一世兰佩杜萨亲王，西西里作家。他以自己唯一的长篇小说《豹》而知名，该书讲述意大利复兴运动时期发生在西西里一个贵族家庭的故事，文字古雅，与意大利现代文学的风格背道而驰。——译者注

[3] 莱昂纳多·斯卡西亚（Leonardo Sciascia, 1921—1989），意大利作家、小说家、散文家和剧作家。生于西西里岛，出版诗集《西西里，他的心脏》(La Sicilia, il suo cuore, 1952)。——译者注

[4] 格瓦西多·布法利诺（Gesualdo Bufalino, 1920—1996），意大利作家，生于西西里岛，一直在岛上担任高中教师。布法利诺的作品表现了作者对故土深沉的热爱，在1982年出版的诗集《阴影博物馆》中展示了西西里岛的历史和传说形象。——译者注

[5] Lawrence Durrell, *Le Carrousel sicilien*, Paris: Folio/Gallimard, 1996 (1979), p. 130.

土再现和异地再现的交叉点。[1] 我们用这种方式来确定二者的共有空间，这空间就来自并存在于不同视角交叉的十字路口。通过这种方式，我们才能无限接近被研究空间的真实本质，但同时，我们能够确定的是所有文化身份都是不断创造和再创造的产物。所有的身份都是复数的，所有的身份都是群岛。地理批评的空间是浮动的，始终对面对可能世界的惊讶开放。因为空间不断在自我更新，而在严格的意义上，空间的自我更新是在为"令人惊讶的问题的展开"[2] 提供空间。他者，是被我们观看的观看者的观看对象，就像德勒兹和伽塔利所说的，是"可能世界在感知场里的表达"[3]，因为：

> 在这一时刻，存在着一个静谧而令人安心的世界。突然出现了一张望向场域外某物的惊惶脸孔。这里的他者并不以主体或客体的身份出现，而是像——这一点是完全不同的——一个可能

---

[1] 精神语言学对主体和他者的话语研究为我们打开了不同视角。为了进一步说明，我将简单介绍维也纳大学的迈克尔·麦哲廷在《西方的罗马尼亚想象，研究方法问题和应用试验》(in *Imaginer l'Europe*, Danièle Chauvin [ed.], Grenoble: Iris, 1998, p. 176) 中提出的框架：
——若 A 以某种方式将自身呈现在 A 面前（内在自我再现）；
——若 A 根据 B 以某种方式将自身呈现在 A 面前（折射了的自我再现）；
——若 A 以某种方式将自身呈现在 B 面前（外在自我呈现）；
——若 A 根据 A 以某种方式呈现在 B 面前（根据呈现者的异质呈现）；
——若 A 根据 B 以某种方式来呈现 B（根据被呈现者的异质呈现）。
如果我们赞同热奈特的观点，就会觉得这个分类标准非常有意思。但在地理批评背景下这种分类几乎没有什么应用价值。只有与某些报刊文章完全不同的文学叙事会顺带展现出"一种具有身份识别功能的文本性"，这就会涉及信息接收者的问题。如果存在某种表达，那自然也应该存在相应的信息接收者，但他是谁呢？书籍的信息接收者是未知的：读者模型（或隐藏读者）太抽象了。更糟的是，构建起一个理性分类会对作者造成内部限制。读者的推理漫步会遇到过多的指引和标记：我们的一切活动都是在一个刻板定式的框架里的。这个框架不具备多元性，为了保证内容一目了然而消除了每种再现的独特性和原创性。地理批评要从话语走向话语，而不是将它框架化（麦哲廷的这种做法适用的文献读者是非常特殊的：罗马尼亚杂志为研究欧洲一体化大背景下罗马尼亚地位设计了专栏，他的文章针对这些专栏读者）。群岛是不断移动的，不然他就会沉入无趣的深海。

[2] Eugen Fink, *De la Phénoménologie*, Paris: Minuit, 1974 (1930–1939), p. 204.
[3] Gilles Deleuze, Félix Guattari, *Qu'est-ce que la philosophie?*, Paris: Minuit, 1991, p. 24.

世界，像一个恐怖世界的可能性呈现。这个可能世界并不真实，或者说未臻真实，但却无损其存在：这是一种仅存在于其表现（expression）——脸，或是脸的相等物——之表述（exprimé）。[1]

只要我们借助地理批评方法，就会更加关注被观察空间而不是观察者的特点。通过赋予人类空间，这个充满必要惊讶的空间的优先权，我们就能更好地对不同空间再现的原创性或守旧性进行评估。地理批评至少能部分缓解文本分析时作者的个人感性成分带来的影响。把目光集中在以同一空间所指为主题的作品或语料库上，可以更好地定位每位作家的意图、反应和言语策略。

这样的例子比比皆是。再现空间的方式就这样刻入了时间。它不仅仅阐明了某一地点与时空的内在相关性，更展示了作者对时间和历史的感知。我们不是非要借助地理批评理论才能获得这些信息，但看起来无可否认的是，只有参照物是网状的，分析才能获得精确性。根据"时间曲线"（courbe temporelle），或者说"语域"（registre）理论——要是相比姚斯更喜欢巴赫金的话，我们也可以选择巴赫金的这种表达——研究被（某一特定作家）再现的空间就是在辨认不同的，甚至是其他作家已经认识并探索过的可能曲线中穿行。着眼于单一作者的独语式研究也是可以行的，但它的相关度会相对较低，会使时间的异质维度变得不那么清晰。不过这也并不意味着人类时间研究有意从地理批评角度汲取营养，至少在《恶之花》问世之后，我们都承认"香味、颜色和声音相互应和"。如果说在波德莱尔看来，通感主要发生在主体的感知场，由此我们也可以构想一种集体的通感，甚至主体间的通感。人类空间是一个感官空间，其细微之处都应该由集体定义（特别是文学集体）。一座城

---

[1] Gilles Deleuze, Félix Guattari, *Qu'est-ce que la philosophie?*, Paris: Minuit, 1991, p. 22.

市闻起来香，另一座臭，但很少出现整座城市被感知成同一种味道的情况。以埃及亚历山大港为例，在殖民地时期，这座城市像所有的被殖民城市一样，被分成了欧洲区和原住民区。而这些街区里，欧洲区是脏乱无序的。在弗斯塔·恰伦特[1]的作品《克里奥佩特拉的无花果树》(1936)里，小说主人公马尔科在"忧郁而恶臭的欧洲旧城区的巷子里"[2]漫步。劳伦斯·德雷尔的代表作《亚历山大四重奏》中的主人公——叙述人达利在某个阿拉伯街区游荡时，呼吸着"熟悉的垃圾和干泥味"[3]。至于亚历山大后殖民时期的著名作家埃德瓦尔·哈拉特[4]，在回忆起他在阿拉伯街区的童年时光时也写道："茉莉花的袭人香气和潮湿土地的味道飘进我的身体。"[5] 显然，在殖民地文学（特别是非本土作家作品）和后殖民地文学（特别是本土作家作品）中，无论是暗含的或明显的地点指称都是启发性的，允许读者和研究者形成自己的判断；用研究地方的地理批评方法推断某一特定人物，甚至特定作者的嗅觉感知特点会更有保障；至少地理批评方法会更加细致，因为这种方法可以让我们对空间所指有更加深刻的了解。文本中再现的街区是克里奥佩特拉区（混合区），还是巴克斯区（欧洲区），抑或是西迪加贝勒区（阿拉伯区）并不是没有区别的。了解亚历山大在二十世纪三十年代的情况也是有必要的。有时地理知识会为文学研究带来灵感。气味和香气仅仅是感官空间的一个方面。里斯本的颜色——这座闪耀着白色和金色的光芒的"白色之城"——也值得我们深入研究。在塔霍斯河的文学河岸上，佩索阿打乱了气候图，

---

[1] 弗斯塔·恰伦特（Fausta Cialente，1898—1944），意大利女作家、记者和翻译家。生于撒丁岛，婚后随夫移居至亚历山大港。——译者注

[2] Fausta Cialente, *Cortile a Cleopatra*, Milano: A. Mondadori, 1973 (1936), p. 170：意大利语原文为："[...] le strade malinconiche e maleodoranti delle vecchia città europea."

[3] Lawrence Durrell, *Clea*, Paris: U.G.E./Le Livre de Poche, 1992 (1960), p. 378.

[4] 埃德瓦尔·哈拉特（Edwar al-Kharrat，1926—2015），埃及小说家、批评家。——译者注

[5] Edwar al-Kharat, *City of Saffron*, London: Quartet Books, 1989, p. 20：英语原文为："The penetrating scent of native jasmine, and the smell of moist earth, wafted in me."

秋末也可能是雨季。他就这样丰富了这座城市的色谱。

五

地理批评的主要任务并不针对某一部具体作品。首先,它让我们勾勒出地方的文学维度,绘制人类空间的虚构地图;然后,让我们把作品放置在一个被他人或多或少探索过的空间透视关系中来考察。[1]通过这种方式,地理批评才有可能在主题单一的背景下发掘有价值的信息。

采用地理批评方法分析单个文本或单个作家是危险的。由于缺乏地标和网络,我们可能会陷入形象学家所谴责的"概况性分析"中。但这既不是要做"某类人的心理分析",也不在于丰富多少已经固化的民族类型,而是要对这些民族类型进行解释。

当我们从单独作品中抽离出来转而采用网状视野时,语料库问题就显得尤为重要,构成语料库的文本也充满了无限潜在的可能。在寻找语料库时首先应确定一个阈值,我们只有借助这个阈值才能和这些陈词滥调保持一定的距离从而认清它们,避免被动陷入陈词滥调的陷阱。这个"代表性"的阈值计算是灵活机动的,并不像数学公式一样固定。选择的原则很简单:我们在被观察/再现的空间的声望和跨越最低阈值所需的观察者的数量及类别间建立一个衡量标准。为了确定研究范围,我们可以加上一个略为可观的时间变量(类似过去时间变量在接受批评理论中的作用和后来在形象学中的作用)。

对支撑文本的普遍性产生怀疑也是有意义的。某一人类空间在纯

---

[1] 这只是因为通常情况下想象所指不会扩张,所以地理批评不适用于"想象"空间上。不过也有例外:我们完全可以尝试用地理批评来分析出现在安东尼·霍普作品《增达的囚犯》(1894年出版,该作品多次被搬上银幕)中的鲁尼塔尼亚和雷蒙·格诺《吾友皮耶罗》(1945)及雅克·卢波《霍顿斯三部曲》(1985—1990)中的波尔德维。

虚构作品中的再现会与在一篇游记或一篇报告中的再现大相径庭吗？虚构性程度的不同决定了作品的再现形式，但被再现的空间是一样的。承载空间再现的不同文体间的界限其实是相当模糊的。就像达尼埃尔-亨利·巴柔[1]所言，"只要一个作家——旅行者在写作，那么他自然就会出现虚构情节"[2]。虚构与旅行书写有着相同的外延，与其他书写一样也有着相同外延。虚构构成了写作重新模拟的空间。因此，人类空间与再现它、构建它和重构它的多变集合相对应。就像朱利安·格拉克说的，"我们看到的地图里展示的城市规划和我们提起这城市时脑中浮现的画面没有任何吻合，通常这画面的素材来自我们日常漫游带来的记忆沉淀"[3]。城市规划是一种抽象再现，而城市的具体再现却是通过精神画面传达的。空间只有被感知才会存在，而只有通过想象才会被再现。[4]

　　被再现的人类空间有无数个。我们的星球上几乎没有文学未涉足的领域。撒丁岛东岸有一个名叫圣卢西亚锡尼斯科拉的小镇，过去，没几个意大利人知道它，甚至撒丁岛本岛的岛民有时也忽略了它的存在。可是在1956年，安德烈·皮耶尔·德·曼迪亚古斯把《海百合》的故事发生地放在了这里，1957年，它又出现在阿尔贝尔·赛尔斯特凡的《西西里岛、撒丁岛和艾欧里亚群岛——意大利之行》中，作家在阿芒丁·多雷[5]的陪伴下走完了这趟旅程。这个巧合不算小，毕竟二者都描写了同一

---

[1] 达尼埃尔-亨利·巴柔（Daniel-Henri Pageaux），巴黎新索邦大学（巴黎三大）文学教授，当代形象学创始人之一。——译者注

[2] Daniel-Henri Pageaux, *La Littérature générale et comparée*, Paris: A. Colin, 1994, p. 31.

[3] Julien Gracq, *La Forme d'une ville*, Paris: Corti, 1988, pp. 2–3.

[4] 参见 Eugen Fink, *De la Phénoménologie*, Paris: Minuit, 1974 (1930–1939), p. 62: "所有被重新模拟的世界都是被想象的世界，即使想象不能完全发挥作用也能接管现存的世界。这一接管改变了整个世界的内容，把世界从原初的时间性中解放出来，进入想象世界的时间。"地理批评正是在这种意义上伴随着这场接管的整个过程。

[5] 阿芒丁·多雷（Amandine Doré, 1912—2011），著名插画家古斯塔夫·多雷的重侄孙女，画家、作家，1946年在塔希提与作家阿尔贝尔·赛尔斯特凡结婚，1957年二人同游意大利，完成了《西西里岛、撒丁岛和艾欧里亚群岛——意大利之行》的全部插画部分。——译者注

个相对狭小的空间，时间间隔也很短。因此，比较二者对空间框架的再现是非常有意义的。锡尼斯科拉镇上有且只有一座老旧的高塔，它在赛尔斯特凡笔下是这样的：

> 河岸闪烁着银光的沙滩上有一座圆形的、被拆除过的老旧高塔，俯瞰着这一片贫寒的民居。[1]

但在曼迪亚古斯这里，又是另一个版本：

> 而那个女孩，当她回头看时，看到了高大的方形塔楼，塔楼顶端还有城垛，这座古塔高耸入云，在皎洁的月光下泛着红光，成了圣卢西亚的地标建筑。[2]

除了古塔外，两位作者还分别再现了镇上的松林、沙滩等地。在这种情况下，两部支撑文本还不足以支撑我们采用地理批评方法来研究圣卢西亚这个空间（至少还需要第三部作品，最好与撒丁岛相关），但了解赛尔斯特凡的作品有助于我们更好地解读曼迪亚古斯的小说，无论是多么平凡的空间指称也会因此而变得重要起来。

圣卢西亚的例子有些极端了……或者说这是一本评论者可以无限扩容的百科全书！被再现空间的有大有小，我们可以结合街区与所在城市的关系想象街区的地理批评研究（容器/内容，中心/郊区）。巴黎的美丽城和马赛的卡内比耶尔大街常常出现在文学作品里。我们更可以畅想对城市的地理批评研究，比如把布拉格或丹吉尔转化成文学场所。我们甚至还能构想区域地理批评研究，欧洲大陆非常适合采用地理批评方

---

[1] Albert t'Serstevens, *Sicile, Sardaigne, îles Eoliennes. Itinéraires italiens*, Paris: Arthaud, 1957, p. 360.
[2] André Pieyre De Mandiargues, *Le Lis de mer*, Paris: Folio/Gallimard, 1972 (1956), p. 123.

法。但是我们能把地理批评方法应用在国家上吗？既行也不行。答案取决于该地点的文学密度——有些国家和一些城市有共同之处。地理批评开拓了一个相互引用、相互影响的系统，在这种情况下掌控一个内涵过于丰富的空间并不容易。没有人走到过巴别塔图书馆的尽头，哪怕是博尔赫斯本人。这意味着我们的研究要尽可能地彻底细致；否则，一个僵化的外在文本参照点就会导致对空间认识的简单化。这就涉及确定阈值的问题。

通常，民族优越性往往会带来空间声望，同时与空间声望成比例，而空间声望又会固化对空间的再现，因此，每当我们踏上这样的地方，翻阅再现这类空间的文本时，一定要小心，避免沦入简单化。民族主义和民族特性（ethnotypicité）常常是携手并进的，因为民族主义意图（无论其宣称与否）是精心挑选民族类型的源头。民族类型强化了自我的梦想身份（美化民族类型），同时伴随着对临近民族、对这些永恒他者的抗拒（丑化民族类型）。[1] 因此，不可否认的是，将地理批评的研究对象扩张到国家层面会有一定风险。它将不再满足于解域过程，而会有意地进行长期投资。这种刻板印象带来的影响不仅仅局限于眼下的文本，还会干扰评论者的判断。为了完全避开这种干扰，评论者不得不采用一种超常规的元语言，把自己变成机器，没有灵魂不假思索地进行解码。对客观性的狂热追求难免会陷入僵化印象的困境；但也不意味着我们要放松对主观性部分的限制（因此，使用材料翔实且风格各异的语料库是必不可少的）。"小船"作为主导地理批评的语义，用"伪客观性"使长期投资成为一种谬误。对群岛的再现除了"此刻"之外不再有任何绵延；而一旦超越了"此刻"，被表现出的原印象就会成为刻板印象。

---

[1] 刻板印象一直是很多研究的主题，而达尼埃尔-亨利·巴柔的研究是其中最好的之一。他认为刻板印象的核心就是一个为了达到单义性的共识因素，从对"特征和本质的混淆"出发企图建立一种"社会和简化的文化表达间的一致关系"。Daniel-Henri Pageaux, *La Littérature générale et comparée*, Paris: A. Colin, 1994, pp. 62–67.

一旦刻板印象以民族类型的形式出现，就会具有一种实用性。这种印象从不单纯，也不友好，从根本上说就是一种实用主义，它强化了卡尔·施密特[1]笔下关于秩序和定位的联系。而地理批评却致力于建立一个涵盖所有"不定"现象的实验室。问题在于搞清楚是否有可能构想一个"有待分割的无限空间"（Nomos，领土，其词源含义就是一片被征服的有待平均分配的牧场），一个"解域的空间"。对施密特而言，亲国家社会主义知识分子（国家空间构型中不时出现的独裁者，甚至是对"存在"的否定者）通过发起全体动员带来欧洲国家危机；但对于地理批评而言，全体动员是一个情况，也是一个核心问题。[2]

在现实世界中，一切都是为了防止秩序和定位这组关系的破裂，或者至少在规避这组关系的破裂。也许这种破裂从未出现过，将来也不会出现，因为"位移感"和人类空间的身份是同质的，人类空间身份处在绵延中，无法在当下被定义，这就形成了难以跨越的一步。换句话说，一个无法解决的根本困境烙印在我们的命运上——我们不得不生活在一个这样的空间中：对这个空间的每一次再现都努力让自己成为对该空间唯一且静态的再现（"凝视"[3]的身份），但事实上它应该是不可避免地变化的、短期的和复数的（对"存在"的无限"再辨认"）。我们生活的世界是唯一的，与此同时它的形象也展现在我们面前。文学与其他模仿外在世界的艺术形式（这些所有的分类都构成了一个陷阱：艺术是来阐释外在世界的）是不一样的。在这方面，文学对外部世界的再现是自由的、狂欢的和非有机的（德勒兹），这种再现只能保证多个世界的共

---

[1] 卡尔·施密特（Carl Schmitt，1888—1985），德国著名法学家和政治思想家。——译者注

[2] 为了更好地理解这一点，建议阅读《欧洲地理哲学》第四章"可憎的主人"，Combas: Editions de l'Eclat, 1996, pp. 109-134。

[3] 对罗兰·巴特而言，静止的再现与"今天的神话"相呼应，"因为神话的一致结尾就是为了固化世界：神话应该建议并模仿一种普世经济，一劳永逸地解决所有财产登记制度"。Roland Barthes, *Mythologies*, Paris: Points/Seuil, 1970 (1957), p. 243.

可能性。世界以这一种方式呈现在我们面前，但也可能是另一种；世界此刻是这样的，同时也是那样的。世界存在于它与生俱来的他性中，也因这种他性而存在。"位移感""解域"（或者更准确地说，"解域性"）是存在这世界中的，但只能通过文学、电影、摄影或其他的艺术形式展现出来。

地理批评对场域的建构是立足在场域的"他性"之上的，并将该场域归入"对可能转换的一系列想象类型"[1]中。地理批评应该通过研究短暂的模仿艺术来更好地了解世界，抓住这个——这里的抓住并不是独占、垄断——不断运动着的、小舟一般漂浮的人类空间。

（陈静弦　颜红菲　乔　溪　译）

---

[1] Eugen Fink, *De la Phénoménologie*, Paris: Minuit, 1974 (1930–1939), p. 106.

第二篇

水平线与空间转向

一

我们有数不清的方式来穿越这个世界以及其中多种多样的文化环境。在我看来，要在当今世界的迷宫里穿行，并不存在一个确切的方向或严格的顺序，一切都是我们的选择，且每个选择的背后都是危机与惊喜并存：我们不知将打开怎样的一扇门，也不知会开拓出怎样一片新港湾。面对充满创造性和无序性的文学，植物学家给出了一个恰当的比喻——根茎，正如德勒兹在二十世纪七十年代多次阐释的那样。既然我现在身在中国，自然应该多尝试一些莲藕和折耳根，以便帮助我更加深入地了解根茎在文化领域的意义。

切入空间有两条常用的途径，一是垂直线，二是水平线。从词源上来看，"垂直"（vertical）来源于"天顶"（vertex）一词，指海拔高到令人产生晕眩、缺氧的地方。垂直线通常代表等级的划分，暗示对完美的无限追求；在语言学中，它表示范式；在许多宗教中，垂直意味着天堂。在许多语言中，"范式"（paradigm）和"天堂"（paradise）两个词非常接近，也就是说理想的形态都应居于高位。在文化领域，垂直代表着强烈的专业性，比如在某一学科中登上顶峰。垂直显示为带有明显疆界的领地，垂直线承载着人们在时间的推进中表现出的努力，因为人需要花费时间才能在其专业领域中达到高点。这种努力与世界的形态有绝对关联吗？可以说是有，垂直形态的世界往往是单一世界，它自有其内在的均一性；也可以说没有，在纯粹的文本研究中，多数工作都是在垂直线上游走，这条线早已逃离现实世界，从而创造了互文性的王国。

我们的社会大致是基于垂直模式建立的，因此多数时候，垂直视角还是能够满足人们的需求的，然而有时它也会略显欠缺。但丁曾有一瞬洞悉了垂直视角，他将垂直世界刻画到了近乎完美的程度。我们都知道《神曲》中展现的是一段升天入地、上下攀爬的旅程，欧洲中世纪的基督徒大多对此世界结构深信不疑。在《炼狱篇》[1]的开头，但丁身处一片海滩上，站在耶路撒冷的对跖点。他是第一位站在此处的活人，然而他竟完全没有展示出对周围景象的好奇。他对远处的事物不感兴趣，唯一关心的就是炼狱之山，山上的一座高墙后隐藏着天堂的开端。再来看《地狱篇》[2]，但丁遇到了受火刑的奥德修斯，此人因擅自接近炼狱山、跨越世界之边缘等行为而不得不在地狱遭受火焰的炙烤。然而奥德修斯却是打开新世界的伟人，他揭示了远方的地平线，展示出了对水平世界的兴趣。当然，这种大胆的尝试在当时是不被接受的，因此但丁相信他终究要受困于地狱。然而但丁也清楚地知道，他笔下的奥德修斯正在开辟新天地，随即到来的是文艺复兴与空间转向，且这时的空间转向比后现代所涉及的空间转向要更加剧烈。于是，时间不再完全被用来在垂直线上寻找完美点，它同时也被用来拓展地平线，在空间中留下痕迹。在西方，这次空间转向带来了现代性，却也无可避免地招致了其阴暗面：殖民主义。无论如何，从好与不好的种种方面来看，它都将世界视角向水

---

1 Dante Alighieri, *La Divine Comédie, Le Purgatoire*, trad. Jacqueline Risset, Paris: Flammarion, 1988, p. 27.
2 Dante Alighieri, *La Divine Comédie, L'Enfer*, trad. Jacqueline Risset, Paris: Flammarion, 1987, p. 243.

平维度延展开来，打开了一个关注旅行、透视与风景的世界。空间、全球与多样化渐渐在西方世界深入人心。的确，欧洲人在跨越地平线的同时往往给其遇到的其他民族带来了灾难，不过也有一些特例存在，比如当时的一位西班牙会计德瓦卡（Cabeza de Vaca），他于1527年随600余名殖民者去探索佛罗里达。这次探险以失败告终，几乎所有人都命丧旅途。德瓦卡因得到土著人的救助而幸存下来，随后与土著在今天的得克萨斯生活了七年。作为欧洲人，他试图去理解他者，这种做法促使他在欧洲层级分明的垂直知识线条上画出了一条条水平线，这就是尊重差异所带来的益处。

二

当今世界，互联性已是显而易见的关键词，然而针对"互联性"一词，我们稍后还需进一步讨论。在《神曲》中，虽然但丁反转了奥德修斯的结局，却也不能阻止地中海的水涌出直布罗陀海峡[1]，全球地理显示出了越来越多的流动性——齐格蒙特·鲍曼（Zygmunt Bauman）早已预见了这一点。如此背景下，垂直线是否就此断裂？在层级分明的文化视角下，垂直模型代表着一种从属关系，一级压过一级的同时，所有层面里的元素都属于同一范畴，这种模型在摩登时代/殖民时代随处可见。而如今，在垂直轴线存在的同时，还应有一些横向的连接以形成更加丰富的意义，即在层级性的文化视角之间建立联系、相互协调。如此一来，我们在文学、文化中创造出的各个可能的世界就有望构建出一种交融模型，里面的元素不再限于同一范畴，异质性从而触手可及。

---

1 但丁笔下的奥德修斯因跨出直布罗陀海峡禁地而受罚。——译者注

过去几十年里，我们经历了多次空间转向，其发生频率之高在历史上可谓罕见，这说明我们的社会对其自身的本质与特性产生了一些新的意识。二十世纪后期，爱德华·索亚以及弗雷德里克·詹明信（Fredric Jameson）等学者撰写了许多颇具说服力的专著来讨论空间转向的相关问题。在哲学、人文社会科学等领域，时间终于受到了空间的挑战。需要承认的是，自然科学长久以来都比人文科学更加贴近对空间的思考。相对论开启了一种全新的空间视角，它所提出的空间架构在二十世纪七十年代以后深刻影响了哲学与文学的发展方向。仅仅讨论概念上的空间转向也许过于抽象，具体说来，全球化就是最近的一次重要空间转向，政治、文化视角从旧时以国家——或者如本尼迪克特·安德森（Benedict Anderson）所说的"想象的共同体"——为中心的范围延伸到了世界范围。全球化进程将我们以往所确知的一切都推向新的疑问：与地平线的另一边建立联系之后，等待我们的究竟是什么？它又会给我们的生活带来怎样的影响？这里所说的"我们"已不再是摩登时代所指的那种同质的"我们"，而是由更多文化碰撞而成的新的"我们"。

　　我在前面提到了"互联性"（interconnectivity），然而这个词仿佛更加强调事物的特性，体现某种状态，在一定程度上缺乏动感。我更倾向于"相互联结"（interconnection）这个提法，在我看来，它突出的是行动、需要，也暗含了更多的知识往来。我们星球上纷繁多样的文化如何通过空间相互联结？我们又如何运用手上有限的工具去解开那些阻碍在联结之间的死扣，从而实现更加平等的、去中心化的对话？面对全球化进程中强烈的等级差异又应如何加以克服？如何才能避免陷入种族中心主义？当今时代，以上诸多问题都初初浮现，尚未找到合适的对策，在这个历史时期，各方还没有完全敞开心扉去接受自身的不足，也尚未做好迎接陌生化的准备。上述问题无一不在提醒我们对全球的异质性给予更多的关注，对这些问题给出的各种回答也终将帮助文学在现实世界中找到更加明确的位置。

过去的七年中，我主要从事的研究内容如下：

（1）地图：研究地图能够帮助我们更好地理解世界的表征，因为无论真实或虚构，每幅地图都具有其叙事性。艺术地图现已成为当代视觉艺术的一个重要主题，数以千计的艺术地图都在用各自独特的方式重新思考、诠释着世界的样貌。2019 年 4 月，我的新书《迷失地图集》[1] 刚刚出版，我在书中着重讨论了几幅我非常感兴趣的艺术地图。

（2）世界文学：一旦越过地平线，一旦意识到全球化的态势，对文学的思考就势不可当地推向了世界范围。我相信如今空间上的相互联结对世界的角角落落都有影响，哪怕精确到一个具体的小地方都能够感受到这种能量，因此文学也必然上升到世界文学的层面。然而，对世界文学的讨论难免有其困境——用放大镜去看世界地图便难以拥有全局视角——如若研究者总是拘泥于自己熟悉的标准，就无法看到世界文学的千面百态。悖论正在于此，目前我们对世界文学虽然讨论颇多，但这些所谓的"世界文学"往往带有种族中心主义的色彩。若要真正达到世界层面，则须跳出垂直方向的思维禁锢，试图构筑一座水平方向的世界文学经典框架。

（3）翻译：在通往全局视角的路途上，巴别塔的坍塌是我们遇到的巨大障碍之一。语言不通的情况下，我们通常有两种选择：其一是完全放弃对跨语种的尝试，停留在一两门语言所形成的垂直线上；其二是力图学习其他语言的相关知识，扩大自身的能力范围，在水平方向付出努力。当然，即便选择第二种选项，一个人所能掌握的语言技能也是有限的，最终还是需要依靠翻译所搭建的桥梁。既然翻译的作用如此关键，

---

[1] Bertrand Westphal, *Atlas des égarements, études géocritiques*, Paris: Minuit, 2019.

我们就不得不仔细考虑它所带来的"副作用"。为什么某些作品有幸被翻译出去，而另一些作品却没有这样的机会？那些被选中且被译出的作品的传播情况又如何？它们的译介对其本土文学有怎样的反冲力？在世界范围内影响几何？这一切都是相互作用的，正如大卫·贝洛斯（David Bellos）所说，由于大量美国侦探小说被翻译成了冰岛语和波斯语，谷歌翻译中的冰岛—波斯语互译质量都因此得以提升。约翰·格里森姆（John Grisham）本人也许都不知道自己的作品竟为加深冰岛与伊朗人民的相互理解做出了贡献。

（4）传播：英语里的"翻译"（translation）一词来源于拉丁语中的"平移"（translatio）。翻译一部文学作品等于将其平移至另一文化空间，其行为增强了空间的相互联结。该词源让我们清楚地看到，当今大规模的翻译活动本身就是空间转向的重要部分，它伴随全球化风潮一同到来。如今，翻译活动又与经济力量有着密不可分的联系，在多数地方，经济情况强烈影响着出版行业。（某些特殊情况除外，毕竟全球各处所面对的机遇极度不平衡。）因此，我们所要讨论的不仅仅是单纯的翻译问题，还有出版发行问题。试想一位生活在非洲的非洲作家，他该在哪里出版自己的作品？用什么语言，又该面向哪些读者？总的来说，他真正的出版机会也许不在非洲，而在欧洲。如此一来，他的同胞又如何读到他在英国或者法国出版的作品呢？这些通常是文化人类学与社会学所研究的核心问题，但并不限于此——作为文学研究者，我们也能够提出一些有价值的观点。

上述的各个方面都应归于水平方向的世界视角研究范畴，它们共同构成一幅全局性的图景。我的研究看上去分散在许多不同领域中，然而面对全球多种多样的时间与空间，我已无法循着单一线索寻找答案——相互联结已是显而易见，不可避免。

三

对此局面，地理批评也许能够派上用场。大约二十年前，我提出了这个方法并且确立了它的几个关键原则。2007 年，我在法国出版了《地理批评——真实、虚构、空间》[1]，这本书的汉译版即将在中国问世。我在后来出版的几部专著里循序渐进地完善着这个理论。地理批评如何能在全球化的相关研究中起作用？这个问题也许不该由我本人来回答，但如果我试着给出一个答案，那么应该是因为它倡导在空间的流动中理解文化，打破固有的垂直视角，开启全新的水平视角，从而促使文化与文化之间达成相互理解。在全球化时代，去中心化的空间转向在我看来是十分重要的。

地理批评的哲学在于关注和观察各种越界的行为，这一点与德勒兹和伽塔利所提出的解域化十分接近，这种思想的基础是相信世界的身份是复数的、多重的，并且不断变化的。从另一方面来看，地理批评还在于给文学、文化对现实世界的指涉性提供支撑——文学与文化通过各种形式来表现世界，因此它们可以帮助人们从多个角度来理解这个千面的世界。

总体上讲，地理批评的思路是地理中心的，而非自我中心的，它主要关注的是空间与地方。地理批评主张放下对某个地方固有的单一视角，引入不同群体对同一个地方所持有的多聚焦视角，从而形成一幅较为全面的图景，以去中心化的思想瓦解刻板印象和种族中心主义。它将生命的几何坐标与哲学坐标结合在一起，将时间与空间融合在同一个空时框架中，在这里，空间不能脱离时间而存在，时间也不能在空间之外延续，正如巴赫金在其时空体理论中所言。

地理批评是跨学科的，它在地理、文学、城市规划与建筑学等学科

---

1 Bertrand Westphal, *La géocritique, réel, fiction, espace*, Paris: Minuit, 2007.

之间建立了密切的联系。起初，我用这套理论来分析一些地方在文学中的表现，诸如地中海周边城市之类。随着研究范围的扩大，我关注的事物也逐渐增加，越来越多地指向解域与重建，指向那个远在地平线之外又触手可及的、既大又小的世界，那个我们共同生活的世界。

（乔　溪　译）

第三篇

地理批评与世界文学

感谢邀请。此刻我身在中国，与自己的母语环境远隔万里，从地理批评的角度来看，在自己完全不熟悉的地理空间深入思考关于世界文学的问题，这件事本身就暗喻着世界文学的内涵。

要展开世界文学的宏大图景，须先从一个较小的空间切入问题。

巴黎的中心地带有一个小广场，名叫圣叙尔比斯，这里虽然有教堂、喷泉和几座精致的建筑，却并不是游人常来的地方。广场上有一家颇具巴黎风情的咖啡馆。1974年，一位著名作家曾在此留下足迹，他名叫乔治·佩雷克。这位46岁就英年早逝的作家在二十世纪后半叶的法国文坛中极负盛名。佩雷克来到这家咖啡馆时怀揣着非常明确的动机，用他自己的话说，就是"在无事发生的时候记录所发生的一切事"。于是他选择了一个固定的位置坐下来，开始描述路过的人、经过的车，甚至详细写下停靠的公交车：70路、86路、84路、63路……这些琐碎的记录形成了一部作品，名为《穷尽巴黎某地信息的尝试》[1]。这本书也许趣味索然，但佩雷克的目的却并不在于穷尽这个广场的细节信息，他意在表达一个更高的思想：无论多么细致入微的描述也无法重现这个平淡无奇

---

[1] Georges Pérec, *Tentative d'épuisement d'un lieu parisien*, Paris: Christian Bourgois, 1975.

的小广场之一隅，相比起真实的空间，文字里的广场实在相去甚远。面对世界之广博，若想穷尽其信息、描写其全貌更是难上加难。

2007年我在写《地理批评》[1]时提到过佩雷克的这部作品，而圣叙尔比斯广场的故事到此并未终结。当年我初次读佩雷克的这本书是在图书馆里，那是一本边缘已发黄的旧书，早有许多人先我一步将其翻阅。书中某处写到了一个放学回家的小男孩，肩上挎着书包从广场穿行而过。就在这一段文字的旁边，我看到有人用铅笔写道："天啊，这不是我嘛！"有位读者竟从文字中认出了年幼时的自己——1974年的10月，当佩雷克坐在咖啡馆观察的时候，这个人曾挎着书包经过小广场。这位神秘读者究竟是否是书中的小男孩并不重要，但他的出现则让人忍不住提问：当佩雷克忙于穷尽此地信息的时候，这个小男孩在同一个地方看到的又是什么？他与作者的所见所闻是否相同？也许此二人对这片特定空间所持有的是根本不同的视角。无论如何，随着小男孩视角的出现，这片空间的相对性就产生了。

就在我开启中国之行前不久，一次偶然的阅读又让这个故事有所延伸，这个默默无闻的小广场仿佛有无限续集的可能：西班牙当代著名作家恩里克·比拉-马塔斯（Enrique Vila-Matas）也给这座广场贡献了一言半语，在《最慢的旅行者》中有一段，马塔斯坐在佩雷克曾坐的位置，冥想着关于记录无趣之事的艺术，没过多久，马塔斯版本的圣叙尔比斯广场也出现了：

> 63路车开过去，我于是精准地记录下来，对这里发生的其他一切事情我都是如此做出记录。接着一辆96路驶来，前往蒙巴纳斯。灰色的天空，干燥而寒冷。一个优雅的女人走着，手里捧着大

---

[1] Bertrand Westphal, *La géocritique, réel, fiction, espace*, Paris: Minuit, 2007.

把鲜花。96路就是佩雷克说他乘坐的汽车，也是能把我送回利特雷酒店的车。一缕阳光。风。一辆绿色的雪铁龙。远处有鸽子在飞。空无一物的时刻。本来没有车。后来开过去五辆。然后又开过去一辆。[1]

比拉-马塔斯与佩雷克坐在同一家咖啡馆的同一个位置，只是在时间上相隔多年。他看到的是相同的公交车，观察的仍是那里来来往往的人群。也许其中有些人已在佩雷克的作品里出现过，只是年龄又大了些。也许那个当年挎着书包的小男孩长大后仍然从广场路过，又被比拉-马塔斯描写了一遍也说不定。比拉-马塔斯与佩雷克所见的是同一个世界吗？并不能这么说——他们笔下的世界最多有些相似之处，算不上完全相同。

关于这座巴黎的小广场，有两位作家描写它，一个小男孩从旁路过，还有我这个叙事者讲它的故事，四个人组成了一个微型世界。可即便这个世界微小至此，也难以用统一的视角进行描述，于是问题出现了：一座广场尚且如此，世界之大，又怎能用单一的视角来看待？面对世界文学，又怎能统一的标准来衡量，而不质疑其合理性？

这就是地理批评研究需要阐释的核心问题，也是我们在此讨论的主题。

一　地理批评与去中心化

我们如何在进入宏观世界视角的同时避免陷入种族中心主义？关于世界文学的讨论，是止步于文学与文化的范畴，还是应该进一步延伸到

---

[1] Enrique Vila-Matas, *El viajero más lento. El arte de no terminar nada*, Barcelona: Seix Barral, Biblioteca Breve, 2011, 1992, p. 217.

经济、环境等更多领域？在文学与文化研究的过程中，所持有的视角越宏观，就越需要不断地提出此类问题，以厘清我们与研究领域的关系，并谦和地看待自身文化与他者文化之间的关系。

以上几个问题可以视为某种程度上的自我审视与检测。在开展任何形式的文化定位讨论之前进行一次这样的自测，有助于给来自不同文化环境的评价者提供一个较为平衡的思想基础。屏蔽或阻挠这种自测意识的行为须引起高度警惕，因为在世界性的宏观视角下，这很可能是披着全球主义外衣而推行普遍主义的行为，与殖民时期的传统思想非常接近。全球主义与普遍主义绝非同义词。

世界文学无法也不应被穿上整齐划一的制服。对此，维持一种全球范围的异质性有助于消除普遍主义对世界文学的破坏。这种异质性存在的同时也伴随着长期的文化融合，正如马提尼克岛的著名作家爱德华·格里桑（Edouard Glissant）所说的"克里奥尔化"[1]一样，许多奇特罕有的文化身份都是不同文化互相融合、互相影响的结果。

地理批评的理论将文化的多样性阐释为一种不可或缺的多重聚焦，它意味着交叉的视角和去中心化。我称其为越界性，即持续跨越边界的特性——跨越边界在此指从一种心态跨入另一种心态，从一种精神跨入另一种精神，始终保持动态，与停滞、静止相反。正如我在《地理批评》一书中所写的："越界性之所以能够长期存在，是因为在这个充满侵入、岔离、增殖、扩散和异质性的大环境中，只有动态才是唯一持久的。"[2]

当然，关于文化与文学的动态视角并非我独创。在二十一世纪初，我曾将此观点放在后现代的场景中反复讨论，而随后人们对当代性的认识似乎出现了转变，至少在所谓的西方，人们已经远离或正在远离后现

---

1 Edouard Glissant, *Traité du Tout-Monde-Poétique IV*, Paris: Gallimard, 1997.
2 Bertrand Westphal, *Geocriticism, Real and Fictional Spaces*, trad. Robert T. Tally Jr., New York: Palgrave Macmillan, 2007, p. 46.

代。也许正如罗西·布拉伊多蒂（Rosi Braidotti）所指出的那样，我们已经进入或正在进入后人类阶段。她对此另有补充："在各种参数的变化中，我想要时刻留心位置政治的重要性，并继续调查那个最初提出这些疑问的'我们'究竟是谁。"[1]

文学与文化的研究总是涉及许多变化的参数，这些参数中有一些显而易见，比如地区的差异、潮流的驱动等等；而另有一些参数也断不能忽略，比如人本身——即便如今我们可能已经跨入后人类，但仍有一些人类的因素保留下来，不应遭到遗忘。我是谁？你是谁？我们又是谁？这些都是核心问题。文化层面的世界纷繁错杂，如此庞然大物呈现在眼前，我们应该用什么方法去解读？

布拉伊多蒂提到了"陌生化"，甚至"去身份化"，以"鼓励主体系统地寻求一种激进或相对的不归属感作为其主要出发点"[2]。在审视世界文化时，我们需要退开一步，与自己的文化身份和惯常反应保持一定的距离。2004 年，保罗·吉尔罗伊（Paul Gilroy）在《后殖民的忧郁症》一书里写道："自我认识的机会固然有其价值，然而在如此动荡的政治气候下，它必须退居次要位置，从而让人们得以有原则、有条理地培养一种适度疏远自身文化与历史的意识。"[3] 虽然目前看来，这种宽容的文化态度只能为一小部分人所接受，但它在二十一世纪的第二个十年里会显得更加迫切需要和不可或缺。作为一个"我"，我应该时而将自己看作"你"，或至少做到与我自己保持一定的距离，以便迎来一个新形成的"我们"。这里所指的"我们"不是传统人文主义层面的"我们"，也不是虚有其表的普遍意义上的"我们"，而是一个全新的、去中心化的"我们"，这个"我们"既站在世界的边缘位置，又处于文化的交叉

---

1 Rosi Braidotti, *The Posthuman*, London: Polity Press, 2013, p. 83.
2 Rosi Braidotti, *La philosophie...là où on ne l'attend pas*, Paris: Larousse, coll. « Philosopher », 2009, p. 129.
3 Paul Gilroy, *Postcolonial Melancholia*, New York: Columbia University Press, 2004, p. 67.

路口，也就是说文化之间的相遇点不在某一个世界的中心，而是位于我们各自世界的边缘。正是这个思想推动着地理批评不断前进，也使我个人时刻保持着好奇心，去崇拜和追随库尔特·冯内古特（Kurt Vonnegut）诙谐笔墨之下唯一的真神——惊奇（Astonishment）[1]，这个词催动着我们的智慧，并激发着我们的热情。

根据上文提到的越界性可知，地理批评能够为学者们提供工具，帮助他们从某些虚构的表征中观察和归纳解域的迹象与进程。地理批评鼓励采用多重聚焦的视角，尽可能地以多方视角的交叠、互动来矫正文化视差。

地理批评的越界性使任何空间都能被看作一个成分混杂的、流动的整体。研究后现代空间需要承认其具有德勒兹和菲利克斯·伽塔利所说的解域的特性。无论是涉及小范围的领域，还是地理术语中更大意义上的领域，我们都可将其理解为一个"互相牵拉的共同体"，它需要自我消解以实现再域。地理批评的指涉性意味着真实与虚构之间不再是绝对的对立关系。对空间所指物的检验不再是地理学的特权，人文社会科学同样可以参与其中。在这样的框架内不言而喻，空间的各种形式的艺术表征都倾向于重新定位所谓真实空间的表征，因此跨学科的研究维度显露出其必要性。作为文学学者，我们也需要同地理学家、城市学家以及地图绘制学家等展开合作。

此外，地理批评可适用于对世界文学的解读，因为它提倡去中心化视角。在我看来，这种视角正是目前世界文学研究中相对缺失的。世界文学应该面向全世界开放，然而仅仅如此还不够：什么是世界文学的开端？世界文学的世界又是什么？如果世界文学是形成一个更高意义的"我们"的关键，那么以上提出的就是核心问题。

---

1 Kurt Vonnegut, *A Man Without a Country*, New York: Seven Stories Press, 2005.

二　子午线的牢笼

人们是否能够将自己的视角去中心化，接受（或至少暂时接受）对原有身份的去身份化？2016年，我完成了《子午线的牢笼》一书。这本书从地理批评和后殖民主义的角度出发，着重探讨了全球化以及如何应对全球化等问题。我在书中浓墨重彩地提及了当代艺术，尤其是与地图绘制学相关的艺术——我们可以称其为艺术地图。这些地图并不是严格按照地形地貌或者行政区域来反映这个世界的样貌，而是颇具创意地表达了许多对空间、对世界的想象。它们提供了一个巧妙而难得的机会，使我们得以短暂地站在自己的文化身份之外俯瞰世界。地图是文学世界的绝佳隐喻，艺术地图中更是存在着耐人寻味的规律。从某种意义上说，地图之于当代艺术，正如静物之于巴洛克时期的欧洲绘画一样，同在不可或缺的焦点位置。艺术地图作为一种视觉的、造型的艺术，可以理解为对"世界造型"的超凡隐喻。它们开辟了一条更加宽广的文化路径，以此来拓宽文学研究的视野，从而引入新的研究方法。

《子午线的牢笼》法语原文为 *La Cage des méridiens*，这并不是一个容易翻译的题目，因为即便译出了字面的意思，也似乎难以读出原题目背后隐含的画面感。试想一个球形的笼子里关着一只松鼠，它在里面一刻不停地跑动，却只能在原地反反复复地打转，永远重复着无意义的循环。在笼外的观察者看到这样的场景会怎样想？大概是希望把这只松鼠从囚笼中解放出来，越快越好。这个题目是从布莱斯·桑德拉尔笔下借来的，这位瑞士诗人同时也是个旅行者。"一战"前夕，他乘坐着开往纽约的蒸汽船横渡大西洋时，忽然觉得自己仿佛一只关在笼中的松鼠。不久后他写下了这样的诗句：

> 我在子午线的牢笼中打转，有如一只笼中的松鼠。[1]

显然，诗中的松鼠并不仅仅是一只松鼠，诗人也并不仅仅是一个在无尽的跨洋旅途中百无聊赖的年轻人。从某种意义上来说，这只松鼠影射着我们所有人——面对一套充斥着无数人为概念的地理，我们何尝不是在错综复杂的点线面中无限地徘徊？

曾有一度，人们生活在山间河畔，自然场景是唯一能够划分区域的参照物，阿兹特克与玛雅地图就是这样反映世界的。然而在欧洲，地理学拥有一套完全不同的思路，它总是伴随着几何学与地缘政治的影响元素。人们对各式各样的理论性地标充满了兴趣，许多勇敢的探险者甚至在寻找南极、北极的路上丧命于漫天飞雪之中。瑞典导演扬·古斯塔夫·特洛尔（Jan Gustaf Troell）的电影《鹰之行》就讲述了这样一个故事：三个瑞典人于1897年乘坐着鹰号氢气球飞往北极探险，他们原以为能够在空中飞行良久，可是在寒冷的气候下气球表面迅速结冰，导致三人迫降在无人区的冰面上。他们试图穿过浮冰向东寻找"文明"，然而经过一段艰辛的旅程后，三人绝望地发现即便他们日夜兼程地向东走，最终都被漂浮的冰面送回西边，送往死亡的方向。最后他们屈于极地的苦寒，在荒芜之境丧生，直到多年后有人发现了他们留下的日记，才知道这段冒险之旅。这是一部基于真实故事改编的电影。

理论性地标并不仅有南极、北极这样的地方，还包括一些在我们生活周边随处可见、伸手可及的所谓"地理原点"。去年元旦我在马德里跨年，在太阳门一角的地面上，我看到了镶嵌着的"零公里"标记。不得不承认，新年的第一天站在"零公里"的位置有一种特殊的幽默感，仿佛身处时间与空间的双重原点，位于存在与否的临界一般。这个小小

---

[1] Blaise Cendrars, « Le Panama ou les aventures de mes sept oncles » [1918], in *Du Monde entier. Poésies complètes 1912–1924* [1947, 1967], Paris: Gallimard, coll. « Poésie », 1993, p. 52.

逸事听起来更像一个无伤大雅的笑谈而不是一次地理上的经历——或许地理本身在某种程度上也是一个笑谈？

世界的中心在哪里？你我的中心又在哪里？说到底，中心究竟是什么？

三　世界文学的去中心化

我们所居住的子午线的牢笼，这个由点和线组成的几何形态的空间同时也是一个文化与文学的巨大容器。文学应该如何进入宏观的世界视角？这是与人文学者们息息相关的问题。

在全球化的开阔语境下，地理批评处于多国文学理论的交叉路口。作为地理批评的倡导者，我个人对多文化环境抱有完全开放的态度，它对我的研究有着绝对的必要性。在结构主义盛行的时期，我曾在法国接受教育，二十世纪八十年代初我的校园时光主要在斯特拉斯堡大学度过。后来，我在米兰生活了十二年，其间受到了许多意大利文学理论的启发，诸如克劳迪奥·马格利斯、翁贝托·艾柯（Umberto Eco）、吉亚尼·瓦蒂莫（Gianni Vattimo）、马西莫·卡奇亚里等人的理论与思想。随后，我又将英美文学理论加入了自己的学术视野，尤其是美国文学理论。2005年我在得州理工大学担任了一个学期的客座教授，这段经历对我而言非常宝贵——我不仅认识了美国，而且给自己的行迹地图上画下了浓重一笔，最重要的是，我终于体会到了与自己确定而熟悉的文化相隔万里是怎样的感觉。正是在得克萨斯州与亚利桑那州之间的大片空旷之地上，我完成了《地理批评》的大部分内容。近几年来，我持续关注拉丁美洲的殖民地研究，这些研究陆续补全后殖民主义研究的内容。

在这许多次与外国文化的相遇和碰撞中，最令我震撼的要数几年前与中国文学相关的一次经历。那时我在哈佛广场散步，谁知Coop书店里竟有一场惊喜在等着我——书架上的一本书引起了我的注意,从题目上看来,我从未接触过类似的内容,它名叫《中国小说理论:一套非西方的叙事体系》[1],作者顾明栋是一位美籍华裔教授。"非西方"这个词在让我喜悦的同时也激起了一丝奇异的感受:为什么我到了年过半百之时才意识到,自己以前所接触的文学理论并非唯一存在的,而仅仅是众多文学理论体系中属于西方的一脉?在此之前我从未想过还有其他的选项,比如中国文学理论,以及许许多多非西方的文学理论。无论如何,这相遇的一刻总算到来,我学到了关于中国小说的知识,并接触到了多种引人入胜的文体。[2]

世界文学单就道理来说很简单:要研究世界文学,首先要掌握不同文化区域各自生成的文学理论,其次要主张研究者切换自身的位置,以一种移动的、相对的视角去看待世界文学。地理批评的理论正是为此而来,从实践层面,它适用于宏观的研究视角;从理论层面,它能够激活一种跨文化、跨国家的流动空间。目前的相关研究已经凸显出地理批评的国际化特点,证明它适用于不同的文化环境。

地理批评所面对的核心问题之一就是如何推进文化的去中心化进程和建立一套边缘视角的理论体系。《子午线的牢笼》一书穿插讨论了这个问题,正如我先前试图阐释的,研究世界文学需要采取一种真正的全球视角和方法,而不是以个别文化为中心的视角。事实上,这已不能仅仅停留在一个空泛的理论层面。有时候,世界文学受某种特定给出的视角所限,甚至将这种特定视角作为研究的目标,从而忽略了文化以自我为中心的特性。所以我们需要提出问题:如何避免陷入种族中心主义?

---

[1] Ming Dong Gu, *Chinese Theories of Fiction. A Non-Western Narrative System*, Albany, NY: SUNY Press, 2006.

[2] 大多数在中国从事文学研究的学者都或多或少地接触过西方文学理论,然而许多从事文学研究的欧洲学者对中国文学只有一些粗线条的宽泛了解,关于中国的文学理论更是知之甚少,这也从侧面反映了目前世界文学研究的侧重点分布不均的现象。——译者注

如何摆脱种族中心主义的另一个特征，即在描述世界及其文化的无限性时，只热衷于引用来自我们熟悉文化区域的作者？在理论层面，我们是否能够打破这种不良习惯，敞开胸怀去探索那些超越我们熟悉区域的文化？所谓浸润我们自身的文化群体从某种程度来看其实是一种"想象的群体"，它常常是种族中心主义的反映。

当然，世界文学并不总能免于陷入种族中心主义，不仅我本人做不到，客观上说也几乎无人能够完全做到这一点。不久前，加州大学洛杉矶分校的比较文学教授阿米尔·穆夫蒂（Aamir Mufti）在《忘记英语！东方主义与世界文学》一书中提出了一个有趣的想法：如今的世界文学的构思方式是否和十九世纪东方文学经典（比如在印度）的构建思路存在联系？[1] 这个想法既充满迷思又令人惊讶——当时构建东方文学经典与如今构建世界文学体系都需要面对相似的问题，那就是如何看待它们涵盖范围内的几个明显的中心。在全球化火速推进的背景下，人们的思考的确应该去中心化而达到真正的国际化，而不是仅仅依赖于诸如美国、西欧等几个众所周知的中心。

很久以前，歌德就针对一些相关术语提出了问题。他最早用德语提出了"Weltliteratur"的概念，直译为"世界文学"。毋庸置疑，如今我们所面对的世界文学应当比歌德时期所看到的更为广泛和开阔。歌德这位德国浪漫主义者首开先河地为中国文学、印度文学、波斯文学等留出了一片空间，可谓欧洲相关领域的先驱之一。也许向前迈进一步，主动接受去中心化从而走向一种多层化的世界文学将会开启一片新天地，在这里，原本所谓的"西方中心"将不再是唯一的视角。

---

[1] Aamir Mufti, *Forget English! Orientalisms and World Literatures*, Cambridge, MA, London: Harvard University Press, 2016.

四 走向全球的世界文学

上升到国际层面,一个需要关注的问题是地理批评在比较文学领域和交叉学科研究中究竟处于怎样的地位。我们的主要目标有两重:其一是要明晰通过这样的交叉研究能够获得怎样的新知识;其二是要了解在开放化和去中心化的背景下,地理批评能够开拓怎样的新视野。在此前提下,研究和阐释地理批评理论与种族中心主义的关系就是关键。

与此同时,在来自全世界的文学理论之间搭建桥梁也有其必要性。文学作品在国际上常有比较,而文学理论却不常有,甚至极少有,因此目前所面临的挑战是将不同文化区域所产生的文学理论放在一个整体的球面上进行研究。这项研究从某种意义上说是颇具野心的,因为它要求研究者大量地阅读和掌握多国文学理论,不仅限于西方国家,而是超越其范围,深入到非西方国家的理论中去,这与国际景观批评的思路非常契合。如今后殖民研究也对世界文学产生了浓厚的兴趣,保持着密切关注。若能将地理批评的多视角、多聚焦思想渗透到文学理论中去,那么便有望在适当的理论基础上建立一个没有明显中心性的世界文学。

在全球化时代,当一切都处于无休止的运动与变化中时,似乎很难将民族与文学这两个概念严格对等起来。在欧洲,这一对概念直到近现代才开始建立密切联系,而十九世纪以前,它们极少被并列提出。进入十九世纪后,许多欧洲民族开始梳理属于自己的历史、文学以及文学史,当时的信条是:一个民族必须拥有一门属于自己的语言,并且拥有一脉以此种语言书写的文学。对当时的国家和民族来说,大多数作家都是本土的,因此这个标准不难达到;而在如今这样一个充满流散的世界与时代,强行套用这一思想只能走向无解。文学领域的许多要素正在重组,退缩可能导致与时代脱节的危险。我们身处流动的时间板块上,文学史以及文学研究方法都在发生着剧变——我并不是唯一有此感受的人,许多学者都在应对这样激烈的演变。在此引用丽贝卡·L. 沃尔克维茨（Rebecca L. Walkowitz）2015年的著作《生而被译》，这本书充分反映了这种复杂局面。作者意识到关于世界文学存在着两种截然相反的视角：

> 当世界文学被视为多国文学的容器时，它所关注的是来源：卓尔不凡的地理条件、屈指可数的语言种类、才华出众的人物形象和相对指定的读者群体等等。当世界文学被视为一个不断涌现新作品的过程而非成品时，它所关注的就是目标：对多国文学史中的趋同与分歧的分析。[1]

需要补充的是，英语国家与地区——或者再略微小众一点——法语国家与地区，它们与世界文学过于密切的关系反映出了多层面的问题，其中也包括关于建立国际文学经典的问题，因为大量的文学作品都是用英语或法语书写的，或者经过翻译最终汇入英语和法语的海洋。再次引用阿米尔·穆夫蒂的观点：

> 任何关于世界范围内文学关系的批评，即任何关于世界文学的批评，都须主动地面对和开发英语作为一种隐形介质的功能，而不是被动地将其视为中立或透明的媒介，视为世界文学表达和世界资本交流过程中无可争议的语言。[2]

首先，语言从来都不是什么透明的媒介，它也无法担任一个隐形介

---

[1] Rebecca L. Walkowitz, *Born Translated. The Contemporary Novel in an Age of World Literature*, New York: Columbia University Press, p. 30.

[2] Aamir Mufti, *Forget English! Orientalisms and World Literatures*, Cambridge, MA, London: Harvard University Press, 2016, p. 16.

质的角色。其次，一旦提及语言，就需要考虑种种涉及翻译的问题。再次，关于获准出版的难度以及翻译过程的合法性问题也是不能不考虑的因素。[1] 文学作品若要在国际或至少跨国的层面上传播，其前提是要经过翻译，且/或得到推广。然而，翻译与推广在许多层面上来看都属于相当复杂的过程。

之所以说翻译是一个复杂的过程，是因为它所面临的障碍和所带来的后果是较为明确的。[2] 从积极的方面来看，翻译至少可以确保文学作品得到传播——若无翻译，许多作品单凭其书写时所用的语言就面临被排挤在外围的困境——因此翻译所搭筑的桥梁促进了文化的民主。但与此同时，从负面作用来看，翻译也在无形中强化了某种霸权，因为正如穆夫蒂指出的那样，它无法真正成为隐形介质，所以当翻译发生的同时，来源作品也无可避免地被打上一些不属于自身文化的烙印。

关于翻译的问题并不仅限于在不同的语言中搜寻相同的概念，还在于怎样在不同的语言之间做出选择。苏雷曼·巴希尔·迪亚涅（Souleymane Bachir Diagne）对此发表了他的观点：

> 思考关于非洲的问题，或者在非洲思考问题，其本身就是一种翻译的思维，既要用到非洲本土的语言，也要用到那些如今在非洲大陆上被使用的诸如葡萄牙语、法语和英语之类的语言。整个思考的过程就是从一种语言进入另一种语言。[3]

---

[1] 参见 Emily Apter, *Against World Literature. On the Politics of Untranslatability*, London, New York: Verso, 2013。

[2] 参见 Raphaël Thierry, *Le marché du livre africain et ses dynamiques littéraires. Le cas du Cameroun*, Pessac: Presses Universitaires de Bordeaux, 2015。

[3] Souleymane Bachir Diagne, *Penser et écrire l'Afrique aujourd'hui*, Alain Mabanckou (ed.), Paris: Seuil, 2017, p. 79.

按照这个观点说下去，法语就不只是属于法国的语言，它同时也是非洲的语言，至少算是非洲大陆上所使用的一种语言。这个视角站在了以欧洲为中心的思维方式的反面，它化解了"法语区"这个概念的中心，将其从制度的约束中解放了出来。法语区文学，尤其是法国文学之外的法语文学，必须在世界文学的激烈争辩中确立一席之地。

五　地图与文学

地图学在我近年来的文学研究中备受重视。地理批评一直秉承着跨学科的思想，因此在文学与地理的结合中，我也不断地尝试将地图的解读融入其中，尤其是一些当代艺术家有意而为之的艺术地图。未来几年，关于世界文学的研究将越来越多地讨论文学与当代艺术的联系，以及这种联系反映在世界文学领域的影响。

视觉艺术能否帮助人们更好地解读文学？答案是肯定的。这一点在中国的体验自当比在欧美更加深切，因为在中国的传统里，无论是绘制意境深远的山水画，还是绘制地图、书写诗文，用的都是同样的笔墨与卷轴，这些艺术形式的根本思路之间本就有许多相通之处。如今我更要提及中国艺术家徐冰的《地书》[1]，这部作品是他继《天书》之后创作的图标小说，整本书完全以图标、表情符号等图像组合而成，因此其读者群体非常广泛——无论他们持什么语言、具有怎样的文化背景，只要拥有当代生活经验就可以无障碍地读懂这本书，在任何国家出版都无须翻译。徐冰花费七年的时间收集整合素材、实验修订，终于将几千个图标连接排列从而达到叙事的效果，讲述了现代城市白领"黑色小人"一天二十四小时的典型生活。

现下我们的任务之一就是在当代艺术与文学的交叉点与策展平台上

1　Bing Xu, *Book from the ground-from point to point*, Cambridge: MIT Press, 2014.

建立科学合作。同样，博物馆与艺术家们也应作为艺术方面的代表加入此类研究，正如布丽吉特·威廉姆斯（Brigitte Williams）、乔治·马奇（Jorge Macchi）等人那样。

从全球化的视角来看，艺术地图拥有卓越的优势，因为它可以冲破语言的壁垒，将不同文化背景的人们拉入同一交流平台，这对世界文学必将起到积极的促进作用。巴别塔神话自有其真实性所在。相比起世界之广博，我们个人渺小的语言能力可谓局限重重，当我们处在自身文化的狭小空间里时，关于世界的知识在很大程度上都来源于带有普遍主义色彩的模糊类比，而不见其真意与精髓。意大利语中有一个词叫作tuttologia，用来表示兼收并蓄、兴趣广泛的态度；法语借用了这个词，写作toutologie，其中tutto和tout在上述两种语言中都表示"一切"的意思。难道人们都需要变得无所不知，然后对一切事物都发表自己的观点与态度吗？这显然是不切实际的。既然做不到兼收并蓄，那么我们对文学的研究就无法摆脱偏好的束缚，从而轻易陷入对某些作品、作家、地区的偏重，丧失了全局视角。世界文学领域的重要理论家之一弗朗哥·莫莱蒂（Franco Moretti）曾表示："多年来，我尽量与那种完全由大师之作堆砌而成的文学保持距离。相反，一些小作品中反映出的贴切观念更得我心。"[1]可以相信，莫莱蒂的这番话是十分中肯的，然而即便如此，他的研究也未能真正做到这一点。倘若文学解读终究难免于语言、知识背景的限制，那么相比之下，视觉艺术的优势就是显而易见的。

至此，我的讲座起于文学，止于视觉艺术，正如先前所说过的，跨学科与跨媒介是推动世界文学发展与研究的关键。

再次感谢！

（乔溪 译）

1　Franco Moretti, *Distant Reading*, London, New York: Verso, 2014, p. 2.

第四篇

世界的形貌
——去中心化的地理批评

一

  在远离重力的地方投射出一幅想象的世界图景——于是有了文学。从一开始的《吉尔伽美什史诗》到欧洲叙事文本之母《奥德赛》，再到卡蒙斯的《卢济塔尼亚人之歌》，描述世界的形貌就是用诗歌与赞叹将它镌刻在无边无际的现实空间里。诗中有阻挠在风暴角的庞然大物阿达玛斯托尔——他虽由巨石幻化而来，可他更是一位巨人，与往来经过的探险者一样透露着人性的微光。马拉美在《海风》（1865）中高呼："逃啊！逃离那里！"是来自心底的呼喊，也是一声叹息，仿佛远方的地平线与朦胧的梦幻国度都是幽灵般骇人的存在。

  史诗里的阿达玛斯托尔因受到惩罚而困在原地动弹不得，无力再阻止人类的探险，于是占了上风的人类迫不及待地宣布这个星球如同一颗滚圆饱满的鸡蛋，并且把它绘制、固定在了地图上。1865年，在一个海风阵阵的夜晚，马拉美吐露说，自己读了许多书，写出许多文字，不想竟无意间促使兰波走上了一段漫长的苦旅。

  现如今，世界已达到满座的饱和状态，因此在空间上，人难免觉得在同与日俱增的拥挤感抗争。这种拥挤感时时抢占和削弱着诗意与艺术。自我表达，就是在地球村高高筑起的围墙上凿出一个小小的缺口；自我表达，就是在阵痛中分娩出些许的自由。2017 年 6 月，我有幸参观了位于利摩日不远处的罗什舒瓦尔当代艺术博物馆。当时展览的主题是"如何消化这个世界"[1]，即如何面对世界的超量增长与过度媒体化。展览的宣传页如是写道：

> 随着知识和力量的无限增长，人们愈发意识到，人类发展的轨迹上充满了创伤、希望、反抗、错误以及进步。于是一系列问题浮现了出来：在这个以过剩为主导的媒体空间的空洞中，我们应如何消化这个世界？又应如何看待它所包含的信息与变化？

当这颗星球的空间变成了一块庞大的高密度压缩体时，我们该如何自处？地球是否像大卫·哈维（David Harvey）所说，是时空压缩的结果？抑或像保罗·维希留（Paul Virilio）所阐述的那样，是一颗在速度与恒定加速度推动下不断移动的球体？

面对过剩，伊塔洛·卡尔维诺在小说的开篇词中说："放松下来。集中精神。远离一切思想。让周围的世界在虚无中褪去。门，还是关上的好。"[2] 这段话出自《如果在冬夜，一个旅人》（另译为《寒冬夜行人》），小说后面的故事在此不复赘述。然而如今我们身处波尔图，正值初夏，白昼如此美好，人人都在期待往后会发生的事，因此，门，还是打开来吧……

说到底，这颗星球的表面仍然要能负载起我们的喜悲，继续做我

---

[1] Musée départemental d'art contemporain de Rochechouart, *Digérer le monde*, Commissariat/Julie Crenn, 25 février-11 juin 2017.

[2] Italo Calvino, *Si par une nuit d'hiver un voyageur* [1979], traduit de l'italien par Danièle Sallenave et François Wahl, Paris: Seuil, coll. Points, 1981, 1995, p. 9.

们的安乐之所。各式各样的社交媒体铺天盖地,试图把世界网罗在一个定式之下;而世界本身则需要尽可能地摆脱统一标准的束缚,抵抗单一化倾向,以免周围的一切都渐渐消逝在过剩所带来的无差别平庸中。梦想是美好的,适当的放松也是必要的,而心灵之门必须保持在打开的状态。在这个关注多样化的星球上,文学及其对可能世界的探索精神也许是维系多样化的绝佳助力。

阅破千卷的马拉美曾如此慨叹:"迷失了,没了桅杆,没了桅杆,也没有肥沃的岛屿……然而,噢,我的心,却听到水手们的歌声!"文学之旅能够开启人的"心灵景观",阅读能够让人在绝境里听到水手的高歌。文学表达万象,它能帮助人们更舒适地融入周边环境,亦能让人身处中心却在远方投射出自由的遐想。每本书,每一页,都各自描绘着世界的形貌,它们时微时著,虽远犹近,在雅克·拉康(Jacques Lacan)看来,这就是弗洛伊德所说的"神秘与令人恐怖之物",令人不安的陌生感。

二

如今,投射世界的宏观图景成为文学研究的重点,许多学者把目标锁定在地球表面的大幅空间之上。文艺复兴时曾有人勾勒出"文学共和国"的形貌;新千年伊始,帕斯卡尔·卡萨诺瓦(Pascale Casanova)又呼吁构筑"世界文学共和国"[1]。问题是,我们往往盲目地相信了笼统意义上的世界文学,认为它能够实现从中心出发、探索边缘之处文学与文化的愿景——然而这里所谓的"边缘"究竟是相对于谁的边缘,又服从于谁的标准?这个问题值得进一步思考。一部经典的文学作品总希望能够被推而广之,直至受到全球的共同认可与欣赏,然而一部文学作品所

---

[1] Pascale Casanova, *La République mondiale des lettres*, Paris: Seuil, 1999, p. 8.

刻画的世界就仿佛一颗盐粒那般微观，若由此出发去推想世界的完整图景，是否有失全面？古往今来，人们将自己推想出的某种世界模型看作世界全貌的例子数不胜数。推想世界的形貌从来就不是一件轻松的事，博尔赫斯很清楚这一点，他在《虚构集》[1]和许多其他作品集里都描写了人们探索世界形貌的奇妙尝试，比如皮埃尔·梅纳尔、崔鹏等人物的故事。在这份名单中我想加入一个人的名字，这个人鲜被博尔赫斯提及，却与书中的人物有着类似的奇思妙想；他不是一个虚构的角色，而是一个有血有肉的历史人物，他的名字我暂且按住不提。

十四世纪末、十五世纪初期，在法国北部的康布雷和南部的阿维尼翁之间，有位主教对宇宙学产生了浓厚的兴趣——我们知道，对宇宙与空间的冥想往往也伴随着对时间的思考，因此不难理解这位主教想要进行一次历法改革。早在 1414 年，他就提出了现行的格列历法（公历）的核心框架，然而这个天才想法在当时并没有引起足够的重视——时值三位教皇分别在罗马、比萨和阿维尼翁三足鼎立，人们更关心如何解决这个燃眉之急，而无暇欣赏太阳年和闰年的精妙之处。

不过这位主教在历法方面的天赋是无与伦比的，单纯建立一套时间的计量方式不能满足他的希冀，于是同样在 1414 年，他又设计了一套预测未来的方法。很久之后，议事司铎路易·萨朗比耶（Louis Salembier）在《法国教会史杂志》上发表了一篇文章，才将他这套方法公之于众。

在他的理论中，未来是如何预测的呢？方法很简单，只需解读土星与木星的联合即可。根据萨朗比耶的记载，"主教的计算有时对未来存在一定的预见之效"[2]，他按照历史上土星与木星的七次大联合推算出这两

---

[1] Jorge Luis Borges, *Fictions* [1944], trad. Roger Caillois, Nestor Ibarra et Paul Verdevoye, Paris: Gallimard, 1951.

[2] Louis Salembier, « Pierre d'Ailly et la découverte de l'Amérique », in *Revue d'histoire de l'Église de France*, vol. 3, n° 16, 1912, p. 379.

颗行星联合的频率为每 960 年一次（实际上两星联合的频率比他测算的要高得多）。他认为每次两星联合时都有重大事件发生，第八次联合将出现在 1789 年。他补充说："倘若我们的世界能够延续至 1789 年，那么必然会有一系列关于法律与宗教的大事发生。"令人惊异的是，他预测到的年份正是法国大革命的那一年。

这位主教的名字是皮埃尔·德·阿伊利（Pierre d'Ailly），他身处十五世纪，却心系下一次两星联合时的未来世界。后世的人们对他只保留了些零星记忆，唯有萨朗比耶把他当作神人看待。他的过人之处在于从精神上超越了自己脚下的有限空间。他博览群书，查阅多方知识，从而勾勒出了自己眼中的世界形貌。他细读了希腊人、罗马人的文献，也参考了阿拉伯地理学家的记录，可谓涉猎极广。

然而，博闻强识的阿伊利对一件大事却毫不知情——在地球的另一边，郑和正率领船队浩浩荡荡地探索西洋。1410 年，郑和第三次下西洋，中国船队到达了越南、肯尼亚、坦桑尼亚。对于阿伊利主教来说，他甚至不知道这些地方的存在，而这些未知之地并未影响他绘制自己脑中的世界形貌。于是再次引出之前的问题：从一个特定范围看到的世界能否代表整个世界？我们各自绘出的形貌究竟又是哪个世界的形貌？

阿伊利既预言未来又通晓历史，奇怪的是，与他同时代的事情他却不甚关心。他虽然精确预测了法国大革命的年份，但我们可以断定，当时的他对大革命的具体意义一无所知。他通常只看重那些经过几个世纪淘澄的文献资料，认为它们可信度较高；然而在描画世界形貌的过程中，个别新近产生的信息也能激发他的浓厚兴趣。他曾引用了尼古拉·奥里斯姆（Nicolas Oresme）于 1377 年撰写的《天穹与世界专论》：

> 倘若有人猜测说海格力斯之柱旁的这个世界与远方印度的世界实则相连，或者猜测说各个海域实则是相通的一整片汪洋，我并不

会觉得这是不可思议的胡言。这种言论有许多佐证，就拿大象来说，世界的两极都有这个物种，只能说明世界的两端其实是相连的。[1]

阿伊利一直在极力证明从西班牙到印度的海路没有想象的那么远。《世界的形貌》第一次出版是在1483年，鉴于当时印刷品十分罕见，这本书出版的时间可谓极早。这位主教的论著持续影响着后世的绘图家。1492年10月，哥伦布出发时就带了一组受阿伊利影响的海图，后来人们还发现一本由哥伦布亲手标注的《世界的形貌》，说明这位伟大的航海家在计划行程时大量参考了阿伊利提供的信息。阿伊利对世界地理的错误估计使得哥伦布坚信凭几艘快帆船就能通过海路到达印度。

《世界的形貌》由八幅图组成，反映了阿伊利主教关于天与地、陆与海的概念和视角，并且每一幅图都坦率而质朴地体现出了种族中心主义的特征。第七幅图用几根线条将世界分成了我们熟知的几部分，以赤道为中线，北半球画满了各种图样、符号，而南半球几乎是空白一片——阿伊利期待着后来人能够逐渐将南半球的空白填满，因此哥伦布等航海家纷纷承担起了这项任务。他们的海事活动也加速了殖民化进程——最初殖民主义在加那利群岛等地方出现时，阿伊利还在康布雷的居所中静静地写作。

地图也许是最能够忠实反映作者对世界形貌认识的载体，然而阿伊利却并未满足于绘制几幅地图。在他的论著中只简略评论了八幅地图，每幅图都只有不到十行字的评述。阿伊利志在构建一座世界形貌的图书馆，以收纳从古希腊到他同时代的所有关于世界的描绘。每个宇宙学家的灵魂里都有一位知识渊博的图书管理员。《世界的形貌》是他那个时代地理、天文和星象知识的凝萃。

---

[1] Nicolas Oreste, *Le livre du ciel et du monde* [1377], texte et commentaire, Albert D. Menut, Alexandre Joseph Denomy (ed.), New York, Londres, 1941-1943, p. 14.

三

今时今日，文学在世界经济中的地位已不可否认。文学以及其他各种形式的艺术都是对世界的反映、对空间的形象化表达。在艺术匮乏的情况下，人们对空间的理解往往满足于对某些具体地点的理解。然而，如果说对某个具体地点的视野是相对封闭的，那么艺术所带来的对整体空间的视野则向远方的地平线敞开。艺术赋予我们自由；艺术让我们免于停滞；它将世界形貌的图书馆展现在我们眼前；它把封闭而狭小的空间拓展开来；它重新定义着各个地方，将空间推向地平线之外，不再受任何束缚。

阿米尔·穆夫蒂于2016年出版了一本专著，题目为《忘记英语！东方主义与世界文学》。他在书中提及了博尔赫斯心目中的巴别塔图书馆，这座雄心勃勃的图书馆意在凭借精妙的建筑结构创建一部万书之书，将世界上所有的知识都收纳入这座书籍的城堡中，将无限的空间归结为一个单独的地点。很显然，这个尝试注定以失败告终——这也是万幸，否则它无疑是给想象力戴上了枷锁。博尔赫斯的这番心思颇有全球格局，可他却从不对自己所采用的视角进行质疑和反思。从某种意义上来说，他所持的视角具有圆形监狱的结构特点，强化那个处于中心位置视角的覆盖力，这种思维模式无异于躲在中立的外壳下推行普遍主义。米歇尔·福柯曾解释过，圆形监狱的本质就是对所有可想象的空间、可接触的领域拥有绝对的控制权。这是希腊神话中独眼巨人波吕斐摩斯的梦想——试图把所有地方都根据自己的视角简化再简化，直至空间乏味到无以复加的程度。

若真有巴别塔图书馆，人们会忘却了曾经巴别塔的崩毁；人们只能使用唯一的语言，描绘唯一的宇宙，思考唯一的世界。离开巴别塔图书馆，各种语言、不同视角都是丰富多彩的，这些语言开启着多个，甚至无限个世界，它们推动着去中心化的步伐，以免让某一门所谓"正典"的语言占据绝对主导地位。

穆夫蒂还举出另一个图书馆的例子，它出自苏丹著名作家塔伊卜·萨利赫（Tayeb Salih）的小说《迁往北方的季节》（1967）[1]。这部作品中描绘的图书馆并不是一座气派的建筑，而是在阳光下晒干的泥屋，它坐落于小说人物莫斯塔法·萨义德在尼罗河畔的农场里。这座图书馆虽然简陋，却无处不在模仿英国图书馆应有的样子。穆夫蒂指出这里面的每一本藏书都是用英文写就，甚至连《古兰经》都是英译本，他还补充道：

> 这个房间是对经过殖民化的非洲和阿拉伯社会异化命运的封装，永远向着北方迁徙——萨利赫这部小说就是要说明这一点。[2]

就好像《世界的形貌》中赤道以南留白的那片世界被装进了阿伊利主教极力推崇的欧洲模型中。世界空间的大面积殖民化历史正是在《世界的形貌》与《迁往北方的季节》这两本书之间相隔的几个世纪中蔓延开来。

目前需要解决的两个重要且困难的问题是：如何在拥抱空间多样性的同时避免陷入唯一标准的全球化逻辑；如何使边缘的活跃文化与所谓的中心文化不断更迭，让边缘地带拥有一定的话语权，而非永远处在被边缘化的困境中。只有在这些方向付出努力，我们才能摆脱阿伊利所想象的那种欧洲范式化的世界形貌；也只有这样，人们才能与碾压非中心

---

[1] Tayeb Salih, *Saison de la migration vers le nord*, trad. Abdelwahab Meddeb, Fady Noun, Arles: Actes Sud, 2006.

[2] Aamir Mufti, *Forget English! Orientalisms and World Literatures*, Cambridge, MA, London: Harvard University Press, 2016, p. 3.

文化的"异端之锤"稍做抗衡——在此处,"异端"不含贬义,是指拒绝被当今全球化进程套入范式的文化族群——毕竟现下备受推崇的"范式"在很大程度上还是继承了西方传统普遍主义的意志。

我们已经讨论了对陷入范式化世界形貌的担忧,那么世界文学又是怎样呢?目前的世界文学仍存在着许多值得质疑之处,因为它本质上是用各类文选、经典来描绘世界的形貌。虽然当今学者们纷纷致力于重顾经典,对它们进行新一轮遴选,但这种努力难以造成实质性的改变,正如爱德华·格里桑所言,为了避免不敬先贤,许多西方经典作品的基石地位是难以撼动的。这种思路必然导致大量非西方的作品无法得到真正的关注与认可。阿米尔·穆夫蒂也曾暗示过,世界文学对全球文化空间的整合模式,若是同当年东方主义的模式相比较,两者或许十分相似。这种相似性一旦得到证实,相关学者必然失望,因为这样的结果不能称为名副其实的世界文学。

四

正是在这个极其复杂、流动性极强的框架中,我们展开了一系列关于空间的思考,或宏观,或微观地反思着文化与文学空间和领域。空间并非一个绝对的、简单的容器。如今人们终于意识到它的深刻性,并开始认真对待空间,且不仅限于地缘政治的范畴,在其他领域也是一样。无论在今天还是在阿伊利主教的时代,对世界形貌的想象都是必不可少的精神训练。现下,虽然我们的意识里难免有一个绝对依赖的中心概念,但不可否认的是,我们也开始重视一些曾经被排挤在世界边缘的东西。近几十年来,人文学科的各个领域涌现出的空间研究无疑证实了爱德华·索亚与弗雷德里克·詹明信所说的"空间转向"。在诸多空间研究之中有一门叫作地理诗学,不久之前蕾切尔·布维(Rachel Bouvet)

刚刚出版了她的新书《地理诗学研究方法》[1]。

出于对概念艺术的无上热情，我想提一下汉斯·哈克（Hans Haacke）。他的作品中常常反映出"地理""生态""诗学"与"批评"的交融。这些字眼也同样构成了"地理批评""地理诗学""生态批评"等研究方向。汉斯·哈克的装置艺术作品《生长的草》自1967年初创以来一直被复刻。大自然以各种形态存在着，人们时而也该给自己一时半刻奢侈的清闲，去博物馆、公园或者开阔的野地，静静观赏草的生长。在这个加速不止的星球上，片刻得闲难道不是对付过剩现象的最佳解药？空间中萌发出绿芽难道不是绝美的插图？这难道不是阅读空间、领悟其内涵的最佳场所？在如此情景之下优先思考生态批评再合适不过，这种探索空间、自然与人类环境之间关系的研究目前发展得十分迅速。近几十年来，"地理"这个前缀使用甚广，从德勒兹和伽塔利的地理哲学，到随后的马西莫·卡奇亚里，再到地理知识学，以及费尔南·布罗代尔（Fernand Braudel）的地理史学，关于空间的各种讨论抢占了极为显眼的地位。2015年，玛莉亚·赫米尼娅·阿玛多·劳雷尔（Maria Hermínia Amado Laurel）为此主题写了一篇文章，题目为《空间转向总览》[2]，而严谨的她用括号加注了"暂时"二字，因为直至今日，关于空间转向的讨论还远不够全面，无法达到"总览"的程度。

五

地理批评究竟怎么样？这不是一个容易回答的问题，我也很少给出

---

1 Rachel Bouvet, *Vers une approche géopoétique. Lectures de Kenneth White, de Victor Segalen et de J.-M. G. Le Clézio*, Québec: Presses Universitaires du Québec, 2015.

2 Maria Hermínia Amado Laurel, « Le tournant spatial: vue d'ensemble (provisoire) », in *Cadernos de Literatura Comparada*, n° 33, dec 2015, pp. 161–182.

一个直接的答案，原因主要有两方面：其一，成为自己答案的囚犯并不是一件有趣的事情；其二，人们忠于自己曾经给出的答案通常要持续多长时间呢？我虽然提出了地理批评，但并不希望将它据为己有，这个理论若能在众人的拓展中前进，那将是我所乐见的。坚持去中心化是一件随时需要留意的事，因此我也无意愿被看作地理批评的中心。现今有许多地理批评主题的会议甚至并不提及我的名字，这正是我十分自豪和欣慰之处，因为它说明地理批评已经初步具备了自行发展的条件。

正如世界文学一样，地理批评面对最多的是关于如何聚焦的问题——毕竟空间具有极强的相对性，仅次于时间。地理批评往往持有一种较为宏观的视角，因此对视角、观点本身必须保持高度活跃的反思，否则给出的反馈难免是粗制滥造的简化结果。这种不断自检的思维方式与理论的进步成正比，我们必须随时进行调整、矫正，以追求无懈可击的严谨性。

《地理批评》一书出版至今已有十年。后来我又撰写了《似真世界》和《子午线的牢笼》。在后一部书里，空间的比例尺及其表现形式都是十分重要的。书的副标题是"文学与当代艺术面对全球化"，明确指出了文学、艺术与全球化对阵的局面——全球化容易给人造成一种文化过山车的印象，而文学与艺术能够缓解这种冲击。在这本书里，我试图站在文学与艺术的立场为这场斗争略尽绵薄之力，因为在许多方面，全球化都带有一种令人畏惧的标准化倾向。

然而我也必须说，在不同的定义、观点之下，全球化所包含的意义可能大相径庭，因此我们需要一个全局视角来看待全球化。而为了得到这种全局视角，我们需要把"主动陌生化"的游戏进行到底，有意和自己所熟知的视角保持距离，以尽可能地接近客观——尽管绝对的客观就好像地平线一样，永远无法触碰。

就全球化而言，英语国家地区的抵抗情绪普遍较少。在欧洲，态度的变化起伏甚剧，例如在经济层面，丹麦就远没有法国那样强烈的不满。

在全球化问题上，法语也跟其他新拉丁语种不同，它抗拒使用"全球化"一词，而更多地使用"世界化"一词，仿佛法国对特立独行的热衷也推广到了词汇的选择上。有趣的是，我注意到自己在写《子午线的牢笼》时似乎存在一种现象，那就是为了避免带有浓重的法国腔调，我刻意和熟悉的法语保持一定的距离，因此反而没有太多使用"世界化"这个提法，这也是一种主动陌生化、去中心化的意识。

我们得学会和接受远离中心。这几年来我尝试去了解关于后人类的问题，因为在后人类领域里，人处在一个偏离中心的位置，他的位置与周边的环境是相对的，而非占据绝对主导，正如中国古代山水画中的人物一样。也许往后，空间的表达也会出现更多新的虚拟形态。

皮埃尔·德·阿伊利认为自己找到了通往未来的密钥，他相信自己能够预言诸如法国大革命这样的大事件。也许他和我们之间、他的时代与我们的时代之间存在着某些联结。总而言之，阿伊利所预测的那场土星与木星的联合已然褪暗，但我们却仍对世界的形貌保持着浓厚的兴趣。我们还有充裕的时间去面对未来的大事件——倘若主教的预测准确，那么下一次两星联合将出现在 2749 年，但这自然是句笑谈——在这个日渐加速的星球上，许多未知之事都在迫不及待地发生着。也许它们是美好的。

（乔　溪　译）

第五篇

领地与文学
——漫步地中海

一

　　领地与文学之间的关系源远流长，几乎在文学诞生之初或领地形成之际就已隐约出现。有这样一个地方，凡人避之唯恐不及，而它却佩戴着文学史上的珠玉之句："跨入此门者，当舍弃一切希望。"（但丁《神曲·地狱篇》第3首第9行）这个地方就是地狱的入口，跨入此门，则意味着进入地狱的领地，离开了活人的地界，字里行间，泾渭分明。但丁在《神曲·地狱篇》中遍游地狱而归，既然他如是说，我们便如是信。在地狱场景之下，文学与领地密不可分，关系昭然。

　　文学与领地的联姻更像是一段危险关系的结果，在此我想引入一段关于危地马拉的插曲——虽然我从未踏足这个国度，但相关的文学作品让我得以在万里之外观其掠影。奥古斯托·蒙特罗索（Augusto Monterroso）的作品《字母e》(《一本日记的碎片》) 是他写于1983年至1985年的日记，他向读者传达了一些思想、记忆与见闻的碎片，其深邃程度与短小精悍的篇幅成反比。蒙特罗索堪称短巧文本大师，著有世界上最精炼的故事："当他醒来时，恐龙还在那里。"[1]寥寥几字，评论如潮。

---

[1] Augusto Monterroso, *Cuentos* [1986], Madrid, Alianza Editorial, 2014, p. 59.

回到《字母 e》这部作品。1983 年 10 月 13 日，作者在日记里用一页篇幅讨论何塞·费拉特·莫拉（José Ferrater Mora）的《作家的世界》。赫罗纳距莫拉的出生地不足一百公里，本可成为他生活的乐土，然而 1947 年，莫拉逃离了佛朗哥主义的西班牙，因此不得不离乡背井，在宾夕法尼亚大学任教。蒙特罗索在日记中引用了莫拉的话，认为作家的世界往往逻辑非常严密，"话语中的每个元素、每个形式都服务于统一的结构"[1]。从这句话中不难读出，这位加泰罗尼亚哲学家深受结构主义的影响。蒙特罗索进一步详述：

> 所谓的"现实"世界可以看作一个外部世界，人们在这里相遇，在这里生活，同时也组成了它的一部分。[2]

莫拉的回忆大多是在赫罗纳大学产生的，对于他来说，文学世界和现实世界是两个相互独立的机构。在他写作的年代，这种认识再正常不过，然而蒙特罗索所见则略有不同：

> 有些人说他们一辈子只活在书里，而我不是：我为自己活过，恨过也爱过，欢喜过也痛苦过；我就是那样，我的生活也是如此；而随着岁月流逝，我意识到，即便在最痛苦的一刻，面对大事发生之时，于我来说也不过是历史的素材，一句话或者一行字的元素而已。我分不清它是好是坏，也不知道自己喜不喜欢。[3]

这段话中，蒙特罗索的语句自有一股魅力。然而，彼时人们对文学

---

[1] Augusto Monterroso, « La letra e », in *La letra e y otras letras* [1986], Barcelone: RBA Libros, 2012, p. 162.
[2] *Idem.*
[3] *Ibid.*, pp. 162–163.

与领地之间可能存在的危险关系敬而远之，毕竟在二十世纪八十年代前半叶，文学一直与现实世界保持着一定的距离。

蒙特罗索的日记问世十年之后，另一名危地马拉作家罗德里戈·雷伊·罗萨（Rodrigo Rey Rosa）出版了作品《如果……请杀死我》(1996）。这部小说几乎直接描写了一场流血冲突的尾声，这场冲突夺去了二十万人的生命，其中大部分是玛雅农民——我们大概都知道里戈韦塔·门楚（Rigoberta Menchú）的证词。在小说中，主人公埃内斯托是虽然文学专业的学生，但真正语出惊人的却是他的母亲。在与儿子意见出现分歧时，她大喊道："每个脑袋里都是一个世界，世界的个数无穷无尽。"埃内斯托回答说：

> 您是这么看，但这只是您的看法，仅仅说明您头脑里的世界是如此。我头脑里可不是这么回事。[1]

显而易见，虽然母亲和儿子争论不休，但他们各自依据的却是相同的理论：可能世界的理论——托马斯·帕维尔（Thomas Pavel）在1988年出版的《虚构宇宙》中对其做出了详细阐释。这场争执的真实性且抛开不谈，单就虚构宇宙理论来说，它开启了全新的世界视角，也转变了世界在文学中的表征。从此，虚构世界在其所指空间中获得了一席之地，它呈现出无限的延展性，能够从无数的可能性中抽取各种版本，它游走于现实世界之外，穿梭在文学的领地上，然而这片领地却与现实世界有着千丝万缕的联系。在虚构表征的促进下，网状的感知方式为现实世界的复杂性和领地可能呈现的多种形态打开了一扇窗口。面对文学与

---

[1] Rodrigo Rey Rosa, « Que me maten si... » [1996], in *Imitación de Guatemala. Cuatro novelas breves*, Madrid: Alfaguara. 2013, p. 22.

其他艺术形式所带来的多样性，人们恍然意识到曾经用单一视角来看待领地是何等荒谬，对领地一味追求稳定的表征无疑是令其僵化的催化剂。从蒙特罗索日记到雷伊·罗萨小说出版的十年里，空间转向发生了。空间转向在超越结构主义观点方面做出了巨大贡献。德里达在分析卢梭《忏悔录》时总结出"文本之外无他物"[1]，因为"作者是在语言之内写作……所以我们只能追踪到一点微末的痕迹，而绝对现时早已逃逸，真正解锁意义和语言的，正是这种意味着自然现时消失的书写"[2]。与所指对象之间建立连接是遥不可及的，甚至是过高要求。实际上，德里达的主张并没有看上去的那么全面，他从未提及与地理所指对象的关系，也几乎未曾触及关于历史背景的问题。在1967年前后，让德里达困扰的是对卢梭笔下"我"的过度阐释，以及对《忏悔录》的解读向"心理传记"跨越的倾向。[3] 后来，托马斯·帕维尔做出了比德里达更简洁的分析。在他看来，纯粹的结构主义观点是对文本的过度依赖与崇拜。德里达认为这一批评有失偏颇，因此在一定程度上进行了驳斥，他认为自己和自己的哲学思想都属于现实世界。

现在，情况出现了改变。文学理论愈发明确地向现实世界靠近，文学本身也在不断发展演变，究其根本，是时代发生了变化。现实似乎变得明朗起来，至少在空间维度、地理维度、领域或解域等方面都更加明显，并且与文本密不可分。如今，我们已经很难像几十年前那样，用纯粹的结构主义态度来看待事物——并非不可能，但难度较大。在分析文本的人看来，现实已越来越多地融入文本之中。

1　Jacques Derrida, *De la Grammatologie*, Paris: Minuit, 1967, p. 227.

2　*Ibid.*, p. 228.

3　*Idem.* On précisera que, peu auparavant, Charles Mauron avait fait paraître, *Des métaphores obsédantes au mythe personnel: introduction à la psychocritique*, Paris: José Corti, 1963.

二

讨论文学与领地的关系，需要面对两个基本问题：何为文学？何为领地？前者似乎是一个不断浮现出来的永恒问题，萨特曾深入思考文学究竟是什么，然而直至今日，仍没有十分明确的答案；而对于后者，什么是领地，我们在此可以讨论一二。倘若领地的概念太过泛化，则难以就此问题作答；然而，尽管其定义不够明晰，领地在世界地图上却拥有精确的部署与表达，它常以幻想的模式呈现，有时这些幻想甚至可能是暴力的——曾有过的许多战争无时不在提醒人们这一点。即使在人的梦境之地也有一份地图，所谓内在的陌生国度，所有看起来陌生的事物都聚集在此，构成了我们精神世界里最近的远方。领地存在的前提是它有一个固定的边界，里面集合着一切令人与众不同的特性，从而赋予人特定的身份，使之趋于稳定。并非所有人都具有领地意识，对于一些人来说，领地并不存在，也从未存在过，它既不造就这些人，也不定义他们的身份，这些人总处在两点之间，没有绝对固定的归属，他们从不追求稳定，也从不排斥自身所带有的异质性。德勒兹和伽塔利就此提出解域和再域的过程，他们认为领地是移动的、游走的，领地的形象并非固定不变。然而实际情况下，许多人出于对确定身份的迫切需求而希望将领地固定下来，他们通过为领地命名的方式将开放空间转化为封闭空间。当然，这种情况自有其矛盾性，一方面明确了领地的地理维度，另一方面则可能封锁了通往更广阔空间的地平线。

我在《似真世界》一书中写过：

> 地方只不过是空间的范例之一。空间无限广，这就是为何地图有千般模样，而空间的表征总是片面的，且从本质上已注定会具有偏差。乔治·阿甘本（Giorgio Agamben）在《来临中的共同体》

（1990）一书中以其一贯敏锐的思维揭示了"范例"的意义，他指出"范例"在德语中为 Beispiel，字面意思为"在旁演示"；而希腊语中"范例"一词是 paradeigma，字面解读为"在旁展示"。二者皆有"在旁"的特点。这种浮华而有趣的中心偏离正是地方的特性，因此也是地图的特性，地图作为地方的合集，注定永远保持开放状态。所以，对事物与世界的稳定性保留一丝怀疑态度是允许的，因为"范例的最佳位置就是摆在本体的旁边，在广漠的虚无空间中展现它无法言表又难以忘却的一生"[1]。[2]

一些文学理论家倾向于单纯地研究作品，把现实世界搁置在文本的边缘不谈。然而，文学的所指对象往往存在于现实世界中，因此文学为现实世界注入了颇多内容，它充分展示了表征的不稳定性。事实上，由于文学对事件的重现总晚于口述、影像，不能与事件同步发生，因此无论是真实记录还是虚构故事，是客观叙述还是人为矫饰，现实世界在文学中的表征都是不断变化的。社会学、人类学等人文学科都已证实群体的产生源于共同的想象力，安德森就此在《想象的共同体》中做出了经典阐释。所以，虚构与现实之间的界线在过去的一段时间里已愈加模糊，尤其贯穿于后现代时期——至于后现代是否已经完结，还是正在衰退，抑或仍然符合当前的社会及审美，这一点我并不十分肯定。在美国，有人认为后现代是无生气的、如行尸走肉一般，也有人尝试对其进行所谓的"光谱分析"[3]。正如各种形式的现代艺术一样，文学在某种意义上可以看作对一旁进行的游戏（现实世界的种种情景）的具体演示，它

---

[1] Giorgio Agamben, *La Communauté qui vient. Théorie de la singularité quelconque* [1990], traduit de l'italien par Marilène Raiola, Paris: Seuil, coll. « La Librairie du XXe siècle », 1990, pp. 16–17.

[2] Bertrand Westphal, *Le Monde plausible. Espace, lieu, carte*, Paris: Minuit, coll. Paradoxe, 2011.

[3] 参见 Christian Moraru, « Thirteen Ways of Passing Postmodernism », in *American Book Review*, vol. 34, n° 4, mai/juin 2013, p. 3.

给这项游戏赋予肉体和形象，正如上文中所说的"在旁演示"的范例。文学是一个范例，它凸显了范例的本质，而范例同时也是领地的深层本质，它构成了领地的核心精神。话说至此尚须注意一点，即不要试图强加文学一些本不属于它的任务。保罗·利科（Paul Ricœur）指出文学是"可能的实验室"，它的功能既不超越于此，也不逊色于此，而这已十分可观。文学能够模拟出许多选项，但这不代表它有责任将其转化为具体的、物质的现实；文学能够凭借其直觉性的创造力唤起许多思想的萌芽，但将这些思想带入现实却非它的任务。人类学或社会学等类型的人文科学主要以达成某些特定目的为使命，它们有着具体的假设和明确的目标。而文学则不同，它并无必要向这类模式靠拢，也不适合承担这样的任务。如果强行赋予文学如此使命，则很有可能在跳出文本崇拜的同时立即陷入圣像破坏行动，将文学和众多创造性的艺术快速推往窒息与毁灭的边缘。文学作品负责开拓崭新的可能性空间，文学批评与文学理论负责记录和绘制这些全新空间的地图，三者结合作用，为人类社会带来了颇多益处：渴望开辟新路径的人可以从这幅想象的地理图景中汲取灵感，文学中那些具有启发性的、天马行空的幻想，其产生的原因有时能够解释，有时则隐藏在更为复杂深层的逻辑之中。

三

在文学所面临的诸多挑战中，最毋庸置疑的一项便是通过制造新的隐喻来帮助人们更好地读懂世界。众多隐喻中有一部分是不同学科与不同形式的知识相互碰撞结合而形成的，在这个过程中，文学以其优越的融合与调整能力占据着主导地位。

让-菲利普·图桑（Jean-Philippe Toussaint）曾受邀前往普林斯顿大学开展一场题目为"文学与电影"的讲座。也许名校的盛誉容易给人造成压力，图桑在讲座之前发现一个尴尬的问题：文学与电影之间的连词"与"，既明确了二者的联系，又强化了二者的差异，似乎讲起来有些不通。然而很快他就在校园的咖啡馆里得到了启发。离他不远处有几位科学家围坐一桌，其中一个人试图给其他人解释某种数学与生物学的交叉合作："他说，生物学与数学之间的差异就好比文学与电影的差异。"[1] 数学家就像作家，而生物学家则像导演。此话何解？

> 数学家或者作家与世界的联系很微妙，他们所想所见是抽象的，面对的方程是非物质的，他们常常在迷雾、孤独、犹豫和怀疑中缓慢地前进；而生物学家或导演的社会活动则多一些秩序，少一些焦虑，因为他们所面对的是真实的事物，活动在人的维度……他们工作的核心总是围绕着活的事物……[2]

当然，此人的类比带有一定的刻板印象，也许人们对他所理解的跨学科关系不敢苟同，但他至少表达了一个思想：如果数学与文学之间存在相合之处，则何尝不能用一方的规律为另一方的阐释提供支撑呢？各类学科都或多或少地使用着隐喻，即便那些以精密著称的科学亦是如此。虽然我对数学知之甚浅，但经过一番思考，也能够找出以文学隐喻解释数学的例子。从相反方向来看，以数学隐喻解释文学作品及理论的情况更是不胜枚举。在下文中我将回到数学借助文学隐喻进行表达的例子，在此之前，请允许我先简要讲述几次以文学隐喻诠释领地的亲身经历。

不久前，我在利摩日大学的一场硕士研究生论文答辩中担任评委。一名学生细致入微地梳理了美国著名小说家托妮·莫里森（Toni

---

[1] Jean-Philippe Toussaint, *L'urgence et la patience*, Paris: Minuit, 2012, p. 58.
[2] *Ibid.*, pp. 59–60.

Morrison）的几部作品中关于"根"的隐喻。论文中引用了大量德勒兹所说的须根、根茎等受植物学启发而产生的理论。其实不止德勒兹，该主题拥有相当丰富的素材，翁贝托·艾柯也曾写过关于波菲利之树的内容。另外还有"边界"一词也可划入此范畴。在某些语言中，"边界"同"根"一样，都是源于植物学的词汇。"边界"在德语中为 Grenze，在斯拉夫语言中为 granica，二者有很强的关联性，而最初 granica 指的是在一排松树上所做的记号，用以标明田产或房产的边界。在瑞典语中，gran 是一种云杉，词根亦极为接近。

另有一番经历不仅涉及无处不在的德勒兹思想，更关乎我们无比珍视的地中海空间。每年夏天，西班牙瓦伦西亚现代插画美术馆都有许多精彩的展览，其中有一场是来自翁蒂涅恩特的摄影师泽维尔·莫拉（Xavier Mollà）的作品展，题目为"与地中海的书信集"。通常关于地中海的摄影作品都流连于海天之间的空灵景色，而泽维尔·莫拉却把镜头推向那些在阳光雕琢之下沟壑纵横的面庞，以及身着黑衣的女性等等，他的作品覆盖了地中海多个区域的风土人情，并不局限于西班牙周边。用他自己的话来说，这些照片"是这片领地上各种经历的影集，地中海，我的领地，无论身处何处（指地中海沿岸的任何地方），只要在它的怀抱中，我就回到了家园"[1]。有人必会反驳说唯有在乌托邦的理想世界里，地中海才能算作一个大家园；在现实世界里，地中海是由形形色色的小家园组成的群落，它们之中，有些充满欢声笑语，有些则没那么快乐，这才是符合人性特征的群体。布拉瓦海岸、翡翠海岸上的豪华酒店，与叙利亚、利比亚沿岸的断壁残垣都是地中海的一部分。这片土地有太多暗涌，很难在艺术的手法中凝固；它不是一个同质性空间，很难在快门一闪之间永葆静态。然而即便如此，泽维尔·莫拉仍以一种清

---

1 http://www.dival.es/es/sala-prensa/content/xavier-molla-y-los-becados-alfons-roig-2013-convierten-al-muvim-en-la-casa-del-mediterraneo, consulté le 27 sept 2015.

晰、直白的手段展现出了乌托邦维度的地中海，他表示："这个作品集并非在述说当下，它是一个乌托邦。"[1] 文学与摄影又一次脱离了社会学和人类学的步调。事实上，它们天然不服务于客观报道，讲述故事只不过是它们无穷变化的形式之一。如果说其中有一些符合人文科学的事物，那么应该是艺术评论，而非艺术本身。作为叙事实践，文学与摄影可以自由探索创作的边界，它们既可以如实记录、汇报，又可以天马行空地开拓乌托邦空间。"可能实验室"究竟是何样貌，完全由它们自己来决定。

第二个展览是阿利坎特画家耶苏斯·埃雷拉·马丁内斯（Jesús Herrera Martínez）的作品展，主题为"新西方风景"，展出的是一系列关于墨西哥城、圣保罗等几座拉丁美洲大都市的画作。马丁内斯借助后现代仿绘的手法，将一些著名的画作按照时间顺序进行叠加，从而重绘城市景观。他所采用的素材主要是崇尚异国情调的浪漫主义或后浪漫主义名画，如卡斯帕·大卫·弗里德里希（Caspar David Friedrich）、何塞·玛利亚·贝拉斯科·戈麦斯（José María Velasco Gómez）等人的作品，甚至迭戈·里维拉（Diego Rivera）的壁画。这种分层叠置的手法在某些作品中效果十分震撼，例如表现墨西哥城的画里赫然可见1985年大地震的场景，在这幅画中，历史分层的混乱纠缠是地理分层遭遇致命破坏的直接后果，可以视作一个隐喻。然而对马丁内斯来说，隐喻不是游戏，他将相似的景观叠置在同一幅画中，目的是在领地里加入一丝不稳定性——假如人们过分乐观地自以为能够完美把握领地的表征，则其对领地的理解存在偏差。

第三个展览再次证明，领地与艺术之间所产生的任何形式的互动都说明它们的关系具有灵活可变的特点。这场展览主题为"景观改造"，

---

[1] http://www.dival.es/es/sala-prensa/content/xavier-molla-y-los-becados-alfons-roig-2013-convierten-al-muvim-en-la-casa-del-mediterraneo, consulté le 27 sept 2015.

毫无疑问是围绕空间概念而展开的，令人耳目一新的是它所使用的语言——烹饪艺术。在地中海一带讨论领地相关的问题，倘若不提及美食则不免可惜。在曼努埃尔·巴斯克斯·蒙塔尔万和安德里亚·卡米列里（Andrea Camilleri）等人的文学作品里，美食常常扮演着举足轻重的角色，那些描写当地特色料理的段落，以及在露台上用餐的场景，无一不激发着读者的兴趣。此外，美好的饮食能够为身心带来治愈的效果，因此打断别人进食的行为在某种意义上被视作侵犯他人的领地。在"景观改造"展览中，西班牙一家米其林三星餐厅的主厨吉克·达科斯塔（Quique Dacosta）用餐桌艺术表达了他的领地意识——这位大厨同时也是地中海料理领域最勇于创新的思想家之一[1]，他在餐盘之中展现了自己最珍视的领地：阿利坎特省的德尼亚周边地区，以及瓦伦西亚的阿拉恰特附近地区。他在美食与领地之间建立了严格的对等关系，用餐盘里的食物将领地的隐喻尽可能具体地转化为物质。

达科斯塔在作品中反映了一个有趣的观察：俯瞰德尼亚的一座山丘名叫埃尔蒙特哥，它因富含一种矿物质而形成了颇具特色的景观；而同样的矿物质也出现在位于毕尔巴鄂的古根海姆博物馆闪耀的金属外墙之上。自然风光与人工巧物"在焕发着矿物光泽的风景中融合"，仿佛贝壳的两面，"外表粗糙质朴，内间溢彩流光"[2]。在此启发下，达科斯塔于 2005 年完成了作品"牡蛎"，其主要思想是如何将埃尔蒙特哥的花岗岩与古根海姆的钛金属同时呈现于一个盘中，该作品将主厨对领地的思考放入了人的维度。此外，达科斯塔的另一重思想在白色海岸附近的海洋生物身上找到了对应：直线的形态不存在，一切都是卷曲的，就像德尼

---

1 他编写的许多展览目录中都有自己的作品，包括以下三场：*Quique Dacosta*, Barcelone: Grijalbo, 2015; *Quique Dacosta*, Barcelone: Montagud Editores, 2008; *Arroces contemporáneos*, Barcelone: Montagud, 2005。

2 Quique Dacosta, *Paisatges Transformats*, Valence: MuVIM, 22 juillet–27 sept 2015.

亚红虾的壳一般"保持着螺旋状的生长模式"。外部的风景与内部的世界是相互补充的关系，就像"这种螺旋形连续不断地向里折叠，无穷无尽"[1]。从这个隐喻中又读出了德勒兹的影子，正如他所说的在海底蜿蜒行走的龙虾，无声挑战着领地的固定性。

四

　　大量的隐喻回响在关于领地的讨论之中。达科斯塔对虾、螺等卷曲形态的痴迷将我们的话题引回之前悬而未决的问题上，那个由让-菲利普·图桑的文字引发的关于文学与数学隐喻的问题。这个讨论存在较高的难度：怎样才能以严密的逻辑将领土联系到文学、数学甚至烹饪艺术之中？答案当然是通过拓扑学，它主导着虾刺的分布形状，也决定着领地作为一种"门槛"应呈现的理想形态。而针对"门槛"的概念，最能做出形象生动解释的，莫过于文学。

　　上文中讨论一些词汇的植物学起源时已经提到了边界的概念。事实上，我时常思考关于边界的问题。一切与领地相关的话题总绕不开边界一词，因为倘若没有边界就无法对领地进行定义。然而我们究竟应该如何看待边界？对一些人来说，边界是刚性的，它受到国家法律或者传统身份的承认，是固定不变的；对于另一些人来说，边界是弹性的，是解域化巨幅图景中的一个元素。对此，我所提出的问题是：何种隐喻能够表述出边界所具有的矛盾性？答案也许要落在 limen 和 limes 这一对概念上，二者的意思皆为边界，在细节上却存在差异。罗马人提出 limes 一词，将帝国以外的一切人都阻挡在边界之外；而 limen 的内涵则与门槛相似，是等待被跨越的边界。limes 好像一扇门，也许可以打开，可一旦

---

[1] Quique Dacosta, *Paisatges Transformats*, Valence: MuVIM, 22 juillet−27 sept 2015.

关上就会导致彻底的封闭；limen 则是在两地之间永远敞开的空间，它为不同文化相互建立联系提供了可能。

我在《子午线的牢笼》中提到一本书，是乔治·阿甘本的《无目的的手段——政治学笔记》(1995)。阿甘本在欧洲大陆上观察到一种非领土的，甚至超越领土的空间，在这里，一切都呈现永久的外流态势。他详述道："这个空间不与任何国家的领土或地形契合，但它发挥着某种作用，仿佛在领土之间打开一个拓扑结构的孔洞，形成了莫比乌斯带，外部与内部相互无尽地转换着。"[1] 阿甘本认为拓扑学在它所定义的领地上建立了一对开放和封闭的关系，它将领地转化为一个有可能解域的地方。如此便开放了一种新的空间，它就像莫比乌斯带中心划过的那条线一样，与两侧的边界没有任何交汇，因此也和边界没有任何共性。这种拓扑意义上的空间在文人看来，或者说在所有除了数学家以外的人看来，都仿佛是一个封闭的环，实则内外无限转换。在此视域下，欧洲大陆也可看作这样一种空间，组成该空间的每个点都不会接触边界，也就是说没有所谓在边界以外的事物，这样一来，原本向内折叠的一切也可以认为是向外展开的。

该论述若对于欧洲空间成立，则对于地中海空间亦成立。达科斯塔已将这种思想精彩演绎于餐盘之中。相较于政治层面来说，领土之间的开放性在文学与艺术层面似乎更容易表达与展现。毕竟，文学与艺术是可能的实验室，还有许多情景有待实现。

（乔　溪　译）

---

[1] Giorgio Agamben, *Moyens sans fins. Notes sur la politique* [1995], traduit de l'italien par Danièle Valin, Paris: Rivages, 2002, p. 36.

第六篇

莫比乌斯带
——如何放下边界线焦虑

一

　　无论身在何处、目视何方，所见之处总是避不开形形色色的边界线，仿佛世界是一个巨大的练习簿，里面布满了条条框框；又好像一张古旧的羊皮纸，虽然字迹逐渐消隐，但依稀可见经年累积的涂改痕迹，里面的线条不断交叠，层层覆盖，显示出一丝历史的专横——这些线条大多是兵戎相见划出的血痕，无以计数的人因为触碰到它们而付出了沉重的代价。无须多做解释，此类线条比比皆是，如花园或田野的围栏、邻国之间的界线等等，它们反复向人强调什么是熟悉的事物，什么是异邦的事物、可怖之物。这条划分自我与他者的线看上去似乎很遥远，可有时它却近在咫尺，伸手可及。

　　线与线之间也有轻重之分，有些线比其他线条更具象征意义，从而更危险。希腊著名导演西奥·安哲罗普洛斯（Theo Angelopoulos）的电影《鹳鸟踟蹰》（1991）中就反映了此类场景。故事发生在希腊北部弗洛里纳镇附近的一个边境哨所旁，那里聚集了大量的库尔德人、阿尔巴尼亚人以及另一些国家的难民。画面中风景黯淡，雨雪交加，树木看上去阴郁苍凉。一条河潺潺流过，分开了希腊和前南斯拉夫，成为这两个巴尔干国家的边境线。河上有一座桥将两国相连，而桥面正中赫然画着一道白线，可谓边境线上的边境线，不得逾越半步。桥的两端都有持枪守卫。其中一名军官朝着对方走去，一直走到白线之前。他抬起一只脚，看上去好像在模仿鹳鸟的姿态，接着他清楚地感叹道："这一步迈出去，我要么到了别的国度，要么就是死。"死亡，如此严重的后果，难道是因为过了一座桥吗？还是因为踏入了敌国的领地？

另有一部电影年代较新，是2018年上映的《地牢回忆》。影片中，乌拉圭导演阿尔瓦罗·布雷克纳（Álvaro Brechner）也刻画了一条不可逾越的线。电影讲述了［乌拉圭］独裁时期（1971—1985）三名男性被囚禁的可怕经历，其中一人正是乌拉圭未来的总统何塞·穆希卡（José Mujica）。三人在地牢中饱受身心折磨，所受酷刑不断升级。虽然牢里的囚犯都是单独关押，但施刑者仍然在其中一人（耶鲁特里奥·费尔南德斯·惠多布罗）的牢房里画了一道白线，只要囚犯越过这条线，就将面临新一轮折磨。这条隔开牢房一角的白线是封闭边界的高级形态，它在视觉上会引发焦虑情绪，而"焦虑"从词源上看带有收紧、禁闭的意思，极端地说就是窒息的感觉。

关于乌拉圭和巴西，我这里还有几个例子。著名乌拉圭记者兼作家爱德华多·加莱亚诺（Eduardo Galeano）写过许多关于足球和全球政局的著作，而他本人也经历了独裁时期的乌拉圭，曾被流放在外。当他终于返回蒙得维的亚时，这位作家见证了自己祖国的重建，局面焕然一新。根据《经济学人》的排行榜，如今乌拉圭的民主程度比美国和法国还要高。[1] 二十世纪七八十年代，报纸上日常可见乌拉圭独裁统治的惨状，

---

[1] 参考《经济学人》2018年的统计：https://www.eiu.com/topic/democracy-index。根据《经济学人》提供的民主情况排行，乌拉圭在世界范围内位列第15名，跻身于"20个完全民主国家"之列。美国和法国分别排在第25名和第29名，属于"不完善民主国家"。美国从2015年开始落榜"完全民主国家"，而法国自2014年已不在此列。

如果当时你有读报纸的习惯，便不难体会这种变化多么令人瞠目——仅仅三四十年过去，曾经大搞政治流放的国家在民主榜上竟超越了当年接纳其政治难民的国家。曾经的受害者必然大受鼓舞，那些在绝望时刻坚持不懈的努力总算没有白费。在作品《颠倒看世界》（1998）中，加莱亚诺驳斥了传统的两极分化模式，例如牺牲南部利益来优化北部的处境，他认为这种行为"划分了世界的蛋糕，却未必总符合地理的现实情况"[1]。

南部，北部，这种相互对立、隔绝的结构是否真的成立？恐怕也不尽然。举个例子，巴西的马卡帕位于亚马孙河口，那里有座米尔顿体育场，大约能容纳一万观众，规模虽不算大，却颇具盛名，号称"零度球场"。赤道从场中横穿而过，不偏不倚把球场划为两半，因此球场的一半在南半球，另一半在北半球，比赛到中场时，双方队员就要"交换半球"。也许在某些精彩瞬间，曾有过一球穿越南北的盛况，从中线飞越到45米外的球门，到达世界的另一边。在美式橄榄球里，这大概算得上是"万福玛利亚长传"，然而事实上并不需要如此大费周章——这条中线是可以踏过的，只要能自由穿梭于南北半球之间，则完全可以在逼近球门的地方得分。这一切象征着对不断增殖的界线的绝佳挑战。历史是富有幽默感的，在《地牢回忆》中，当惠多布罗终于摆脱牢狱的时刻，他在狱友们的掌声中假装踢着足球走了出来，足球在此传递出了解除束缚的信息。

二

什么是线？按照欧几里得的定义，线只有长度而没有宽度，它是存在于思想中的概念，肉眼是看不到的，因为如果它没有宽度，就没有物

---

[1] Eduardo Galeano, *Patas arriba. La escuela del mundo al revés* [1998], Madrid: Siglo XXI, 2017, p. 26: "[...] designan el reparto de la Torta mundial, y no siempre coinciden con la geografía."

质性。也有人说线是点的连接，当然，点的物质性也并不比线多。线是点的连接，这意味着对于这些点的选择是有标准的，是由意志决定的。把点连接起来就是给无形之物赋予形状的过程，它可以把无限开放的空间转化为地方，而任何地方一旦获得定义，就无可避免地转向封闭。完美的定义须结合一切修辞。线，天然具有阻断和限制的特性，它可以决定一个平面物体的形状。在几何中，线能够圈出圆形、方形、梯形以及各种难以名状的图形。在地理中，具体来说只要跟栖所相关的——无论是人还是其他动物——线能够圈出领地。什么是领地？答案很简单：意图共同生活的人们在心里投射出一条线，它所勾勒的形状以内是这些人的庇护所，即他们的领地。领地是可供人们撤退、蜷缩的空间，因此人们迫切地希望它固定不变。

　　以人类中心的视角来看，我们的星球上遍布着各种类型的线，其受政治因素影响的程度各有不同。有些线的首要意义是象征性的，比如地球上的经线、纬线，它们所带有的"南北东西"概念原本是单纯指示方向的；然而有时它们也被赋予多重内涵，且这些内涵往往是消极的，比如南北争锋、东西对峙之类。正因如此，这些线有时会受到挑战和反抗，尤其来自那些因画线位置不巧而遭受歧视的人。如何从"子午线的牢笼"中逃脱？我曾多次在研究中提及"反向地图"，即上南下北的反常规地图。若说经纬线是象征意义的，那么有的线则是有确切意义的，比如国与国之间的边界线；当然，在地理和社会层面，有的线并不像国界线那样清晰分明。无论如何，领地是由线划定的区域，因此自然而然，有人在其内，有人在其外。在其内的人通常被认为是熟悉的同类，而在其外的则往往被视作他者、异类，有时这种身份划分可以维持相当长的时间。

　　按照这种二元视角来看，边界就是一条割线，它将世界的表面一分为二，一边是梦想的"我"和熟悉的"我们"，与此相对立的另一边是幽灵般的、陌生的"他们"。他者是遥远的幻想，被放逐在地图参差的边界之外，在我们的地盘之外。这种二元视角与传统意义上的领地密切相关，而传统的领地意识源自曾经十分静态、极少流动的社会。它是否符合我们的时代特点？当然不。事实上，这种视角不单单是失去了意义，它甚至从来不具有意义，因为历史上没有任何一个时刻是简单二元的。然而即便如此，这种视角却以某种方式保留了下来，延续着二元划界的诡计，时刻准备在冲突中以武力的形式证明自己。在《文明的冲突》中，我认为萨缪尔·亨廷顿所说的既正确又错误：错是因为世界上的文明并非注定相互冲突；对是因为倘若人们对领地持有过于狭隘的视角，那么结果只会引向激烈的对立，甚至爆炸性的对抗。

该何去何从？德勒兹和伽塔利提出了一套解决方案：将领地看作活动的事物，它不以自身为停滞，总向新的选择敞开大门，在那里，单一的身份已不存在。他们认为，领地总处在不断的变化中，它们解域随后再域，又是为了下一次解域。在他们的启发下，这种对空间的感知方式形成了我所从事的地理批评研究的基础。

另有一些隐喻也许可以从不同角度阐释领地的问题。是否真如德勒兹和伽塔利所说，领地必须在时间维度上进行发展演变？有没有可能，一个领地在同一时刻里，自我和他者的特性并存？在一体中重叠着"亲近"与"遥远"这对相互排斥的两极？若如此，世界能否借鉴"零度球场"的运行模式，避免出现电影中桥面或牢房地上的那道刺眼的白线？

三

奥古斯特·费尔南德·莫比乌斯博士（August Ferdinand Möbius）大概没能好好欣赏过足球运动，他逝世于1868年，而此前不久，足球的详细规则才刚刚在英国确立下来。假如他熟悉这项运动，也许最终会把他著名的莫比乌斯带与吸引着亿万观众的绿茵场联系起来，揭示二者在正反转换之间相似的奥妙。在我看来，莫比乌斯带与边界这种物质性极强的线密切相关。

倘若从数学的角度深挖下去，就会发现莫比乌斯带有着复杂的定义与内涵，作为文学研究者，我仅在此对它做一个浅显的介绍。试想一条纸带，它必然有正反两面，将它正面朝上横放在桌上用笔做几个记号：左上角标 A，左下角标 B，右上角标 C，右下角标 D；再将它横向翻到反面，左上角标 E，左下角标 F。做好记号之后，我们把纸带的两端黏合起来，此时有两种选择，其一是将 AB 粘在 CD 上，其二是将纸带扭转 180 度将 AB 粘在 EF 上。在第一种情况下，两端黏合后会得到一个形似王冠的环，它有着明确的两个面，内外分明，互不相干，我们可以视其为传统思维，且毋庸赘言——王冠象征着荣耀、声望，与光环相似。在第二种情况下，我们会得到一个形状特异的环，它仍然有两个面，但却无法分辨究竟哪边是里面，哪边是外面——事实上，每个面都既是里又是外，同时具有两种特性。比莫比乌斯带更增一个维度的还有克莱因瓶，此处不做详述。我在数学方面虽知识有限，但仍然感叹拓扑学的奥妙无穷，不可思议。

虽然在欧几里得的定义中，线只有长度没有宽度，因此也没有所谓厚度的属性，但当线以边界的形式体现在地图上时，它就被赋予了厚度，且这种厚度往往不可忽略，它呈现为各种墙壁、围栏，甚至带刺的铁丝网。自我封闭的本质是边界线最大的问题，仿佛咬啮自己尾巴的巨蛇，形成一个封闭的环。根据实际研究，我们发现边界线可以是王冠形，也可以转变为莫比乌斯带形。

王冠作为装饰，常环抱在君主的额间。根据法国传统，每年三王来朝节那天，人们围坐一桌分享馅饼，有幸吃到福豆的人就会戴上王冠，获封为王。听上去似乎欢乐无边，但实际上，王冠之下往往是悲凉。它尊贵傲慢，居高临下，将诸多事物纳入其制定的规则中，而对于超出规则以外的事物，它不留丝毫余地。显然，王冠象征着无处不在的权力，这种权力占据着每一寸领地。王冠与它重压的额头之间还剩下怎样的空间？一片被视为同质的领地和其边缘之间还剩下怎样的余地？虽然广泛来看，王冠大多隐含着君主制的思想，但是在本文中，我们关注的不是其独断专行的问题，而是其以领主的视角尽可能排除一切他性的问题。从这个角度来看，许多国家虽然是民主统治，却也仍未摆脱这种带有君主制特性的视角与观念。本质主义、单一逻辑话语、单边性等等，都是该思想的标签。

  通常来说，由上述属性构成的领地具有一定的绝对性，缺乏与外部世界互动的意愿，任何处于其边界之外的事物对它来说都是危险和违犯的同义词，唯有一个例外，那就是其自身的"光环"，或者"光晕"。上文中我们已经说过，王冠象征着光环，但二者仍有区别——王冠是物质的、可触摸的，而光环、光晕则是非物质的、不可触摸却能够被感知的。在《来临中的共同体》（1990）一书中，乔治·阿甘本对光晕进行了一番思考，他提到了中世纪著名的经院哲学家邓斯·司各脱（Duns Scotus），此人将光晕定义为"真福的个体化""完美之物的绝世独立"。阿甘本补充道："正如司各脱所言，完美之物的绝世独立意味着避免混入新的特性或改变自身的天然属性，尽可能保持自身终极的独一无二。"[1] "完美事物"既然完美，必然追求将自身投射的范围最大化，在此环节上，光晕虽然是非物质的，却能够将这个投射范围物质化。阿甘本进一步指出，光晕是"完美之物的震颤"[2] "完善之物的震颤"[3]。以上论述可以结合到边界线的问题中来。倘若王冠限定了一片领地不可动摇的边界，那么光晕就是极为罕有的能够透过边界向外辐射的事物，它笼罩的

---

[1] Giorgio Agamben, *La comunità che viene*, Torino, Bollati Boringhieri, 2008（2001, 1990）, p. 47.
[2] *Idem*.: "qualcosa come un tremare di cio' che è perfetto."
[3] *Ibid*., p. 46: "Il tremito del finito."

范围大小，取决于该领地对其身份的完美程度的定位。边界虽然坚决对他者封闭，但光晕则尽可能地在边界线外部闪耀、发散。具体发散到何处为止？在其理想中，答案恐怕是发散到世界各个角落为止。这难道不是殖民主义的印迹？不是假借全球化名义而进行的新殖民主义的印迹？在实际情况中，这种光晕并不能随心所欲地向外发散，因为它必须考虑维持领地自身"终极的独一无二"，这就意味着一旦接触到可能为其注入他性的事物，这种发散就会中断，否则就面临改变自身天然属性、失去独一性的风险。因此，以维持"完美性"为原则的王冠式封闭边界必然会拒绝多元性。

莫比乌斯带则启发着完全不同的视角，它既不是王冠，也不是光晕，它的形态看上去酷似代表无限的符号。它将"内部"与"外部"的相对性阐释到了极致，在当今民粹主义流行的环境下解构了内与外的两极关系。设计一个莫比乌斯带的领地模型远比设计王冠式的领地要复杂，但智慧无惧挑战。

莫比乌斯带并不是常见的隐喻，因此少与领地边界的话题相联系，但乔治·阿甘本曾经使用拓扑模型来思考我们的世界结构。在《无目的的手段——政治学笔记》(1995) 一书中，阿甘本探讨了欧洲的本质，在此领域他颇有建树。欧洲是斯芬克斯一样的存在，其真实身份充满了迷思。我在《子午线的牢笼》中提到，阿甘本在欧洲土地上观察到一种特殊的空间，这种空间与其本应占据的领地保持着复杂关系。阿甘本认为，欧洲内部的个体呈现持续外流的态势，但个体却自以为原地不动。他进一步详述："这个空间不与任何国家的领土或地形契合，但它发挥着某种作用，仿佛在领土之间打开一个拓扑结构的孔洞，形成了莫比乌斯带，外部与内部相互无尽地转换着。"[1] 于是外部和内部相互依存。如

---

[1] Giorgio Agamben, *Moyens sans fins. Notes sur la politique* [1995], traduit de l'italien par Danièle Valin, Paris: Rivages, 2002, p. 36.

此一来，欧洲的情况可以理解为每个个体都在不同程度上带有难民的身份。阿甘本的论述有重要的启示：一条边界线的两面是不确定的，当打破固有的内外对立关系时，各方面的潜力都得以提升，由此可见无限性隐含的巨大张力。从拓扑学角度对欧洲进行定义远胜于套套逻辑给出的定义。欧洲的概念在许多教科书、词典甚至条约中都是重言式的：玫瑰就是一种是玫瑰的玫瑰；欧洲就是一个是欧洲的欧洲；为什么事情是这样？那是因为事情就是这样……诸如此类的话语，其空洞含糊不言自明。我在《子午线的牢笼》中写过："［莫比乌斯带构成的拓扑模型］将［欧洲］这个地方变成了相对开放的空间、他性的展馆。如何让事物与呈扩散势头不断变化的世界相兼容？"[1] 这个提问带有一丝冒险精神，它需要我们换个思路来看待领地的外沿，将其看作可以跨越的门槛，而非完全封闭的边界。我们跨越这条线时既在里面也在外面，既是跨出也是跨入。毕竟无论是在欧洲还是别处，我们都是在"外流"的过程中不断演变的人。阿甘本的哲学思想是地理的，他不仅思考边界的问题，也思考中心与边缘的关系。

四

从理论层面来看，莫比乌斯带的研究似乎颇为复杂，它不仅涉及拓扑学、本体论，并且当运用于边界地理研究时，非常考验思维的敏捷性。从实践层面来看，莫比乌斯带的应用非常广泛，简单来说，它可以解释一切关于身份的流动性问题，亦可以解释各种将个体变为外流存在的原因，无论个体所在何处。

前不久的一次斯德哥尔摩之旅让我重温了西奥多·卡利法蒂德斯

---

[1] Bertrand Westphal, *La Cage des méridiens. La littérature et l'art contemporain face à la globalisation*, Paris: Minuit, 2016.

（Theodor Kallifatides）的作品。这位作家 1964 年从希腊移居到瑞典，26 岁的他在很短的时间内就熟练掌握了瑞典语。定居五年后，他出版了第一本诗集，随后十年，他在文坛获得盛誉，位居瑞典小说大师之列。在斯德哥尔摩，他成为移民文学的代表作家之一，适逢当年的影视作品正激烈讨论大批瑞典人移民美国和加拿大的现象。我最初接触卡利法蒂德斯的作品是在二十世纪八十年代，那时我的博士论文主要研究瑞典文学，后来时过境迁，我便没有持续关注他的新作。再读卡利法蒂德斯于我来说是一次收获颇丰的经历。二十一世纪初，他像大多数瑞典作家一样走上了侦探小说之路，他的警匪三部曲虽然被译成法语，但并不能代表他的创作风格与水平，而他本人也被法国的出版业遗忘了近三十年。撰写侦探小说的同时，卡利法蒂德斯仍在苦心酝酿他最在意的主题。后来我在斯德哥尔摩寻得两本书，皆是关于他对自己身份的冥思，一本是《我窗前的新国》(2001)，另一本是《依然 / 又是一生》(2017)，它的英文译名为《另一生》(*Another Life*)，但由于瑞典语中 Ännu 既可表示"又"，也可表示"依然"(still) 的意思，所以这个题目原本可以译为《依然一生》(*Still A Life*)，与其思想内容更为贴近。

在《我窗前的新国》中，卡利法蒂德斯探讨了人与其居住的土地之间所保留的神话关系，尤其是当这个人作为移民来到此地的情形。作者的书写形象而生动，可惜与我们对莫比乌斯带结构的乐观看法相悖，他写道："任何体系都会把我们自身分为两个阵营，一半在内部，一半在外部。在内部意味着自我腐化，在外部则意味着自我疏离。"[1] 该怎么办？"我们必须创建属于自己的传奇，但同时亦很清醒地意识到这只是一个传奇。"[2] 小说里讨论了"两点之间"这个特殊位置，马尔特·罗贝

1　Theodor Kallifatides, *Ett nytt land utanför mitt fönster* [2001], Stockholm: Bonniers Pocket, 2018 (2016), p. 134.

2　*Idem.*

尔（Marthe Robert）也许会称之为"小说的起源"，也是"书写起源的小说"。从卡利法蒂德斯的这部作品来看，当内部与外部针锋相对、正面冲突时，唯一的选择就是否认现实，转向传奇或个人神话，以妥协的方式来掩饰让步的行为。但疑问始终困扰着作者："我们能够翻译字词，却无法翻译一个世界"[1]，"我甚至不算一个百分之百的外国人，也说不出自己究竟变成的是什么"[2]。然而小说自有其优点，相较于它所书写的领地，小说具有更高的灵活性、可变性，因此它的演变也比它所反映的社会本身更快、更优。瑞典虽然素以好客著称，但卡利法蒂德斯仍观察到了其排外性的显现。十五年后，作家的身份处境未变，心中的苦涩却随着岁月的累积愈发沉重，以致他终于选择放弃创作，并且为了坚定这一决心，他卖掉了曾经钟爱的、位于斯德哥尔摩市中心的工作室。经历了这一切之后，他又是谁？有一件事确定无疑，那就是他更加拥抱自己的希腊身份："侨居国外属于一种不完全自杀，你固然死不了，但你内在的许多东西却会因此而死，母语也是其中之一。这就是为何相比起学会瑞典语，我更庆幸自己没有忘却希腊语。瑞典语是生活的必需，而希腊语是爱的行为，它战胜着遗忘，战胜着冷漠。"[3]当他的这番说理被推向极致，结果就十分明晰，边界在人心中划出的沟壑与在领地上的一样深。

　　好在卡利法蒂德斯并未长久沉溺于消极的情绪中，他的睿智最终找到了打开心结的钥匙——双语写作。每当他感到不安，意图寻回自己害怕失去的东西时，他便用希腊语书写，以此化解长期以来不断撕裂其内心、吞噬其灵感的冲突力量。他不再把内部与外部看作对立的两方，而

1　Theodor Kallifatides, *Ett nytt land utanför mitt fönster* [2001], Stockholm: Bonniers Pocket, 2018 (2016), p. 147.

2　*Ibid.*, p. 154.

3　Theodor Kallifatides, *Ännu ett liv* [2017], Stockholm: Bonniers Pocket, 2018, p. 63.

是在它们之间建立互动。在语言的层面上,他不对任何一方表现出明显的偏好,就像莫比乌斯带一样,时刻处于转换的过程中,两种语言相互补充,以寻求最贴切的表达。在此穿插一件逸事:我曾在西班牙的一家书店无意中找到卡利法蒂德斯的一本书,《另一种生活》(*Otra vida por vivir*),是从希腊语译成西班牙语的,这大概是他唯一被翻译成西语的作品。尽管卡利法蒂德斯主要以瑞典语创作而闻名,但对于西班牙读者来说,他也许亦被看作希腊语作家。

关于划定领地的各种边界标记,现实中还有许多例子,在此我希望用一幅当代艺术作品总结本文的主题。在下加利福尼亚的特卡特,美国与墨西哥之间竖起的那道围栏上,展示着概念艺术家 JR 的巧思。作品是一个男孩的巨幅照片,他在围栏的正上方,双手轻轻扶着围栏上沿。这位墨西哥男孩名叫齐齐托(Kikito),照片拍摄于 2017 年 9 月 6 日 19 时 02 分,这一刻起,一场瞪眼游戏在这个巨大的纸孩子和美国边境巡逻特工之间开启了。[1] JR 介绍了这幅作品:"该灵感来源于一场梦,我梦到一个孩子的目光越过这条边界望向另一边。这幅巨大的照片,从美国这边看去,孩子仿佛是趴在墙上往下看,而从墨西哥那边看去,他只不过平视前方而已。这幅作品的意义取决于观者所处的地方,它是一个视角和位置的问题。"[2] 该思路与我从事多年的地理批评研究十分契合。针对 JR 的作品,在美国与在墨西哥,人们所持的是完全不同的视角,从墨西哥一方来看,齐齐托望向的是领地的内部,而从美国一方来看,他的目光是企图跨越边界的,这是一种巧妙的多聚焦现象。每当人们试图限定一个地理上或身份上的教条时,JR 的这幅作品都能提醒人们注意线的相对性。

---

1 https://jr-art.net/projects/giants-border-mexico.
2 JR, in *JR. 100 photos pour la liberté de la presse*, Paris: Reporters sans Frontières, dossier spécial « Le reportage s'illustre », n° 58, 2018.

历史的微笑正如照片中齐齐托的微笑一样谨慎微妙。历史的悠长可以耗尽任何一条物质化的边界，抚平一切封闭空间带来的创伤。在漫漫长河中，历史就如一条莫比乌斯带，转化着领地的内与外。JR 没有点破法语中的一个词，menottes，它既是儿语中"小手"的意思，就像齐齐托放在围栏上的小手；又是"手铐"的意思，每个严守海关边界的工作人员都会配备一副。至于从哪个角度去理解 menottes，这是一个有待思考的问题。

（乔　溪　译）

第七篇

逃逸城市
——电影中的伊斯坦布尔

一　伊斯坦布尔，神秘之城

梅廷·埃尔克桑《爱情时刻》与表征的奥秘

我曾讲过关于伊斯坦布尔的一些内容，却极少涉及这座城市的电影和语言。土耳其语将我丢弃在巴别塔的废墟前，我也因此未能深入了解与之相关的影视作品。如今，土耳其电影中有多少比例能供语言不通的观众无障碍地欣赏？百分之一？甚至达不到。从前的我竟不知有梅廷·埃尔克桑（Metin Erksan）这样优秀的导演。1964年柏林国际电影节上，他凭借作品《干涸的夏天》（1963）捧回了金熊奖，在排行榜上超越了让-吕克·戈达尔（Jean-Luc Godard）、罗曼·波兰斯基（Roman Polanski）和杰兹·斯科利莫夫斯基（Jerzy Skolimowski）等著名导演。可惜这位土耳其电影大师的名气却未能突破国界。事实上这也不足为奇，电影和文学一样，各个国家地区发行和推广的渠道不同，导致了作品的流行程度存在差异，欧洲如此，全球亦然，人们熟知法国电影，却不了解土耳其电影，该观察结果不局限于数据。这种差异强烈影响着电影中主导性的表征，同时也催化了刻板印象的形成。讽刺的是，相比起本土电影中反映的伊斯坦布尔，观众更加熟悉和接受的是国际大片中所描绘的城市形象。毕竟，本土电影的流行程度怎可与朱尔斯·达辛（Jules Dassin）的《土京盗宝记》（1964）或007系列电影相提并论？在全球化正盛之时，能供全球影迷欣赏的土耳其电影却只剩下尤马兹·古尼（Yilmaz Güney）、努里·比格·锡兰（Nuri Bilge Ceylan）的几部作品，还有匿名用户上传到YouTube的少量片段。这些资源本就有限，而对于网络观众来说，没有相应的字幕更是无济于事。倘若各大付费观影平台能够扩展其服务，引入土耳其电影，那么在梅廷·埃尔克桑的灯塔型作品之余增加一些当代电影，也许会提升一定的吸引力。在全球化的当今世界，流行作品比以往任何时候都更加强力地影响城市的表征，无论在何处。

　　从某种角度来看，YouTube延续了土耳其经典电影的生命，其中有一部是梅廷·埃尔克桑拍摄于1965年的《爱情时刻》。彼时正是《土京盗宝记》席卷银幕的年代。《爱情时刻》（1965）从未被译制成法语，法国人大概忘记了该导演于此前一年刚刚摘得金熊奖的桂冠；相反，红极一时的《土京盗宝记》由于版权昂贵而备受保护，在YouTube上完全没有资源。《爱情时刻》法文字幕版的播放量仅有8000次左右，它的土耳其原版播放量则超过40万次，这说明其主要观众仍以本土居多。相比之下，美国导演约瑟夫·佩夫尼（Joseph Pevney）于1957年拍摄的《伊斯坦布尔》在上传到YouTube的五年间拥有90万次以上的播放量，推广程度远超《爱情时刻》。上传者"稀有好莱坞经典片"（Rare Hollywood Classics）将这部电影资源分享在网上是出于对主演埃罗尔·弗林（Errol Flynn）的喜爱，他在介绍中写道："《伊斯坦布尔》虽不是埃罗尔最棒的电影，却也不是最差的。我猜这部电影的资源比较难寻，所以特意分享给埃罗尔·弗林的影迷，祝观影愉快。"[1] 看过这部电影就会发现，它其实翻拍了1947年约翰·布拉姆（John Brahm）的《新加坡喋血记》，而后者又明显带有《卡

---

[1] 稀有好莱坞电影介绍，https://www.youtube.com/watch?v=EOfHcfPpx_k, ajouté le 24 août 2014, consulté le 30 juillet 2019。

萨布兰卡》的痕迹。卡萨布兰卡、新加坡、伊斯坦布尔，都是人们心目中的奇幻东方……奇幻也许是真，然而这个东方指的又是什么？

谈论一座城市绝非易事，它汇聚了太多不同观点，太多干扰信息，其形象没有所谓真相可言，最多就是由一些人为的传统观念勾勒出的样貌。城市这个所指对象是否能被解码？我对此持怀疑态度。在《爱情时刻》中，我看到了另一个伊斯坦布尔，与以往的陈词滥调完全不同，丝毫没有令我失望。这部电影中，没有特写蓝色清真寺，没有近拍圣索菲亚大教堂，唯有它们遥远的轮廓融合在城市背景中依稀可辨。就连人们印象中的艳阳天也没有出现，影片的场景是冬季。在埃尔克桑的镜头中，阴雨连绵，寒风呼啸，树林里还残存着积雪。他的伊斯坦布尔已超越于城市之外，加入了周边地区的各种元素，因此环境背景不停地切换，里面出现了王子群岛，也许是比尤卡达岛，同时也出现了一些林木茂盛的地方。伊斯坦布尔已不再是欧美影片悠然描绘出的半地中海、半中东的风情城市，它在此片中的角色定位是巴尔干半岛的起点。同样的现象也存在于希腊的影视形象中，如果我们把希腊导演西奥·安哲罗普洛斯的电影与吕克·贝松（Luc Besson）的《碧海蓝天》（1988）、加布里埃尔·萨瓦托雷斯（Gabriele Salvatores）的《地中海》（1991）或者菲利达·劳埃德（Phyllida Llyod）的《妈妈咪呀！》（2008）相比，也会发现其地理、地质与地缘政治上的双重性。

《爱情时刻》为观众提供了两种视角下的伊斯坦布尔，其一是哈利尔的男性视角，其二是梅拉尔的女性视角。梅拉尔出身于富裕家庭，和她的未婚夫一样，常常出入中产阶级聚集的街区。与此同时，身为油漆工的哈利尔尽量避免出入富人区，只不过他的这种选择更多是出于信念，而非简单地屈从于社会阶层。梅拉尔喜欢读奥维德的《爱的艺术》，哈利尔却不善读书，他被一位年轻女士的照片深深吸引，甚至爱上了这张照片。二人的轨迹在梅拉尔父母的别墅中相遇。当女主人公从沾满雨水的落地窗进屋时，看到哈利尔坐在扶椅中。他没有听到有人进来的动静，因为此刻他正如痴如醉地欣赏着钟爱的照片，而照片里的人正是梅拉尔。刚进屋的梅拉尔微笑着，自然而然地将手搭在哈利尔的肩头，脸上没有一丝惊讶。哈利尔则吃了一惊，慌忙辩解说自己不是小偷而是油漆工，负责重新粉刷这间屋子。二人之间是否擦出了火花？从某种意义上说，算是有。电影的这一幕没有后镜头，但是观众不难想象梅拉尔从后方走来，看到哈利尔深情凝望自己照片的情景。也许此时回过头来的哈利尔看到照片的本尊，会把对肖像的仰慕之情都转移到鲜活的梅拉尔身上来。这是合理的推测，然而电影却完全走向另一个结果。哈利尔爱的是照片本身，不是照片中的女人，他否认显而易见之物，就像他主动远离伊斯坦布尔的华丽街区。梅拉尔的照片构成了一个逃逸点，里面没有任何让他分心的元素。相比起所指对象，哈利尔更偏爱其表征，相比起鲜活的人物，他更偏爱此人定格的影像，追求一种纯粹的逃逸。照片削弱了梅拉尔本人所能激起的欲望，鲜活的梅拉尔如何与之相比？这部电影就是完美女性梅拉尔与其形象表征之间的争斗。

　　这些思考是否偏离了我们要讨论的城市主题？并没有，因为《爱情时刻》男主人公对照片的情有独钟，反映的正是我们对地方、对城市、对伊斯坦布尔的情感模式。接续之前的剧情，初次相遇后不久，梅拉尔再次与哈利尔对话，她背对着哈利尔质询他对自己是否有感情，而哈利尔多番回避："我与您照片之间的事和您完全无关。我爱的只是您的照片。"梅拉尔表示反对："但那是我的照片！"哈利尔坚持说道："照片里的并不是您本人。这张照片属于我的世界，我对它的了解远胜于对您的了解。"梅拉尔认为他的言行完全是出于恐惧，不敢真诚地面对情感，而哈利尔回答道："这份恐惧让我能够永远拥有我想要的。"此时，梅拉尔忽然转身面对着哈利尔，叹道："可我也想看着你。"哈利尔转身离开，一边训诫着这位年轻姑娘："我不想让你挡在你的照片与我之间。"

梅拉尔在暴雨中失望地离开。这一幕后来又在阳光明媚的岬角上重复，伴随着寒风呼啸，而两位主人公依旧未能达成共识，梅拉尔的一切劝说都是白费力气，哈利尔完全不留余地，他解释道："不，不，我不要你进入我的世界，因为你会将它无情地摧毁。"至此，我不必重申这部电影为何值得再次解读。许多尘封的神话情节也能够阐释此片。我们不难联想到皮格马利翁和伽拉泰亚的典故，并且鉴于电影叙述了一个关于凝望的故事，也许俄耳普斯与欧律狄斯的悲惨爱情也能诉说一二。梅拉尔（Meral）这个名字在土耳其语中是牝鹿的意思。与月神阿尔忒弥斯相关的神话中，少女与牝鹿在献祭过程中有着相互替换的关系，因此从符号学的角度，是否能够将梅拉尔看作一个代表少女本身的图标？

也许哈利尔对照片与梅拉尔本人的情感隐喻着一切所指对象与其表征之间的关系。这段情节展示了两种可能：其一，哈利尔在意的是凝固的照片所带来的至臻完美的爱情，这份爱情不容任何外部事物挑战，哪怕是照片的主角梅拉尔本身也不得介入其中；其二，哈利尔的懦弱导致他满足于对表征的爱恋，因为任何对人物原型的追求都需要付出更多努力与代价，所以何必舍近求远呢？无论是出于哪种考量（第一种的可能性更大），我们都能感受到一股张力在个人层面与爱情层面之间穿梭拉扯。哈利尔的痛苦在于同时面对两个事物，一方是完美稳定的表征，另一方是可能令人失望的所指对象。这种痛苦有一定的普遍性，当人们将一个地方的表征与这个地方的现实比较时，也会出现相似的情况。如何将一片领地的主观地图叠加于以现实为基础的地图之上，这是我们需要思考的问题。

后来我去了伊斯坦布尔，但在那之前，我观看了大量反映这座城市的照片、电影与电视节目，阅读了许多相关的书籍、报纸。铺天盖地的信息不断涌现，使我愈发觉得这是一个极度复杂的地方，这种感受促使我为自己创建了一个与此地相对的身份。换言之，我将这座城市定格在几个令我感到安全与满足的画面中，以此防御任何外来信息的侵扰。这无异于哈利尔对梅拉尔的态度："照片里的并不是您本人。这张照片属于我的世界，我对它的了解远胜于对您的了解。"这座物质性的城市本身能否改变远方来客眼中的刻板印象？问题的核心就在于此，它亦可归因于人们对地方的忧虑情绪，在意欲捕获它的同时又有畏惧之情。

阿兰·罗布-格里耶《不朽的女人》与伊斯坦布尔迷宫

在《爱情时刻》上映之前，还有另一部黑白电影也讲述了发生在伊斯坦布尔的一段迷宫般的爱情，那就是阿兰·罗布-格里耶1963年的作品《不朽的女人》。同年，该片的剧本以电影小说的形式在午夜出版社出版。如果说埃尔克桑叙述的是本土故事，那么罗布-格里耶的故事就带有异质性——新小说家总体上对异质性持有相对中立的观点，因此毫无冒犯色彩。这部电影在当时颇有名气，情节主线是初到伊斯坦布尔定居的法国教师与一位美丽神秘女子的邂逅。男主人公名叫N，也许是安德烈的缩写；女主人公名叫L，也许是莱尔（Lale）的缩写，土耳其语中的"郁金香"。N爱上了L，可L却消失不见，影片的后半部分，男主一直在充满矛盾情绪的城市里寻找心爱的女子。影片的场景设置与《爱情时刻》风格迥异，没有风霜雨雪的镜头，全片都沉浸在六月的艳阳中，周围环绕着博斯普鲁斯海峡的水，岸边排列着看似疲惫的宫殿，尤其是著名的多尔玛巴赫切宫，以及拜占庭工事的遗迹。镜头回到了城市的核心地带，正是这种画面深深吸引着来自法国的男主人公，甚至是导演本身，以及围坐在影院的法国观众。镜头前景所展示出的伊斯坦布尔已经不是如今人们看到的样貌了。导演通过持续运镜展现着许多空旷的街道。N与L的初次相遇发生在加拉塔大桥边的卡拉柯伊港口，不熟悉路线的N在寻找住所时迷失了方向，于是向L问路。L却回答说："您停下来，您迷失了，您刚刚进入了传说中的土耳其……那些清真寺、古堡、秘密花园、成群的女眷……"于是 N 激动地感叹道："就跟书里一样！"[1] 刻板印象瞬间展现在了影片中，然而对它们的阐释实则为了给 N 在伊斯坦布尔的出现以及他即将与 L 建立的联系营造一种梦幻氛围。二人乘船游览博斯普鲁斯海峡时，L 说："您会发现这不是一座真的城市，它是为爱情故事准备的歌剧布景。"[2]

尽管许多影评都强调了《不朽的女人》这部电影的纪实价值[3]，但罗布-格里耶镜头里的伊斯坦布尔并不能反映这座城市的现实。城市在影片中已被削减成为一个布景，此外，许多镜头凸显出了鲜明的对比：当两位主人公互动时，镜头常常拍到周围静止不动的人物，仿佛这些人都是橱窗里的模特，他们之间毫无差异，只是为了填满这对恋人爱情光环外部的空间。伊斯坦布尔的居民仅仅充当电影的次要角色，他们与主人公之间几乎没有交流。在二十世纪五六十年代，大多数展现"异国风情"的电影都人为地营造了一种语言互通的环境，好像全世界的人都能流利地使用英语、法语或意大利语。然而罗布-格里耶并未如此处理，在《不朽的女人》中，语言不通的困难频频浮现，男主 N 几次激动地问旁人"您讲英语么"，却多数以失望告终，唯有极少数对话者能够用英语或法语进行表达。其中有一人，是 N 的女佣贝尔姬斯，她性格小心谨慎，每句话的末尾都阿谀地用法语加上一句"先生"。罗布-格里耶的处理方法自有其道理，影片中土耳其语的使用率很高，只是法国观众并没有注意到而已。导演的这种选择在一定程度上是出于现实主义的严谨要求，但更多的是为了突显 N 在异国遇到的交流困境。这种困境导致 N 对 L 超凡的语言能力十分着迷，他坚信 L 虽然不肯承认，但她其实是会讲

---

[1] Alain Robbe-Grillet, *L'Immortelle*, édition DVD, René Chateau, 2014.
[2] *Ibid.*
[3] 参见 Christophe Trent Berthemin, « L'autre cinéma », http://www.regard-critique.fr/rdvd/critique.php?ID=2456, consulté le 4 août 2019。

土耳其语的；L 则有时自称只能说一点游客式的土耳其语，有时自称所讲的是希腊语。

L 失去踪迹之后，整个城市的表征发生了变化，黑夜的场景急剧增多，无声的威胁弥漫在气氛中。L 的消失也许和一些凶神恶煞的角色相关，但这只是推测，电影并未切实地表现出来。城市背景再次失去整体性，看上去仿佛阴暗的舞台布景。地方被削减成为平面的风景，一切都好像精心设计出的十九世纪东方绘画。这片风景既是视觉的，也是听觉的——伊斯坦布尔的城市交响乐。蟋蟀的鸣唱不绝于耳，是南部的特征；博斯普鲁斯海峡来往船只的汽笛声，穿梭于城市的汽车声……这位法国导演表现城市的方式是多感官的，他以丰富多样的元素全方位地调动着人们的官能。

在这部电影中，不朽的是神秘女人 L，而永恒的是伊斯坦布尔。罗布-格里耶在编选这座城市陈词滥调式的定格画面时，曾试图进一步彰显它们的恒久。影片拍摄于 1961 年，在通过镜头重现地方的手法上，该片树立了许多里程碑。片中的刻板印象之一，是导演将这座土耳其大都市表现得危机四伏，在看似平静的表面下隐藏着各种暴力因素，它们化身为影片的第三主人公 M，哑巴异乡人。伊斯坦布尔是一个巨大的转车盘，在两个方向之间来回旋转，一方面城市里非法活动猖獗，另一方面人们在此又受到严格而密切的监管。片中少有的非匿名角色之一是由凯瑟琳·罗布-格里耶（Catherine Robbe-Grillet）饰演的凯瑟琳·萨拉扬，她揭露说这里有着"各种外国的古怪勾当"[1]。电影中占主导地位的刻板印象并非城市的暴力阴暗面，而是这个地方浓厚的异国风情。阿兰·罗布-格里耶塑造了一种东方主义，它几乎符合一切关于"传说中的土耳其"的外部印象：华丽的宫殿、清真寺塔尖等元素齐聚，更有对女性形象的表现——皮埃尔·洛蒂的《阿齐亚德》以及文学作品、绘画

---

[1] Alain Robbe-Grillet, *L'Immortelle*, édition DVD, René Chateau, 2014.

作品中出现过的各种东方舞娘的形象都在电影中受到模仿，肚皮舞场景的出现可谓毫无悬念。肚皮舞的桥段恰巧是《爱情时刻》中梅拉尔与哈利尔关系的反面。当N目不转睛地被舞娘吸引时，L观察着N，这与《爱情时刻》几乎完美对应，哈利尔聚精会神地看着照片时，梅拉尔观察着他。不同的是，《不朽的女人》情节在此之后完全去往另一个方向。L和N回到住所后，在昏暗的光线中，L献上了一场"东方风情"的脱衣舞表演。为了诱惑N，女主人公是否有必要将自身代入这种东方情色的陈词滥调？这仿佛梅拉尔为了吸引哈利尔的目光，故意模仿自己照片中的形态一般。在东方主义层面，另一部由罗布-格里耶导演的电影与此片联系甚密，其片名为《格拉迪瓦在叫我们》(2006)。这部电影风格颇为矫作，却与时隔四十余年的《不朽的女人》存在许多呼应。一位教师来到摩洛哥寻找欧仁·德拉克罗瓦（Eugène Delacroix）的情色画作，而很快他就被一位美丽女性深深吸引，这位女子有时会出现在卡斯巴迷宫里；他还有一个女佣，阿谀恭顺，随时准备令他陷入诱惑中。《不朽的女人》中的N成为了此片里的东方主义者约翰·洛克，L成为了格拉迪瓦，女佣贝尔姬斯对应的仍是女佣。这位新小说家导演的两部电影的人物设置惊人地相似。拍摄伊斯坦布尔是罗布-格里耶电影生涯的开端，《格拉迪瓦在叫我们》充分体现了他对早期作品的怀念。他之所以很难跳出东方主义之圈，也许是因为在某个可能的世界里，东方主义构建出了一套逻辑严密的地理。

二 伊斯坦布尔，世界的十字路口

国际阴谋剧情中心

《不朽的女人》与《爱情时刻》两部电影之间既对比鲜明，又相互呼应。1964 年的《土京盗宝记》更是反差强烈。在土耳其本土影视界，埃尔克桑刻画的伊斯坦布尔自有其性格，然而面对各路国际导演，他的影响力则十分有限——非本土导演常常会迎合西方广大观众的期待，拍出他们想要看到的伊斯坦布尔。在国际电影层面，伊斯坦布尔一直是许多人幻想中的城市，其形象不大符合本地居民的评价。人们对它的幻想很大程度上归因于其横跨两块大陆的特殊地理位置，这座城市同时兼具中心和边缘两种属性，因此仿佛是国际阴谋的交集之地。罗布-格里耶在作品中频频暗示伊斯坦布尔藏匿的黑暗势力，仿佛在此地密谋就是日常消遣。这座城市在多部电影中表现为东西方间谍的温床，1963 年的007 系列《来自俄国的爱情》中，詹姆士·邦德赴俄罗斯之前先到的地方就是伊斯坦布尔，后来又在《黑日危机》（1999）和《大破天幕杀机》（2012）中两度重游，许多国家的谍战片都纷纷效仿这些场景。2011 年的电影《锅匠，裁缝，士兵，间谍》（又译《谍影行动》）里讲述了冷战时期一位退役间谍再次出山，被派去伊斯坦布尔执行任务的故事。以色列导演伊藤·福克斯（Eytan Fox）2004 年的电影《水中漫步》中包含追捕前纳粹党人以及处决哈马斯特工等情节，片中伊斯坦布尔正好位于三方冲突的中心。本·阿弗雷克（Ben Affleck）在《逃离德黑兰》（2012）中把伊斯坦布尔作为德黑兰的模型。吕克·贝松联合制作的两部电影《杀手：代号 47》（2007）和《飓风营救 2》（2012）中，这座城市里杀手横行，与昔日的间谍不分高下。艾兰·帕克（Alan Parker）于 1978 年拍摄了《午夜快车》，在这个地方的表征中加入了监狱主题，当时土耳其的政治气氛因军事政变而布满阴霾。如果说《逃离德黑兰》中的德黑兰是伊斯坦布尔，那么《午夜快车》中马耳他就是伊斯坦布尔。隐喻是空间修辞的典型代表之一，任何地方都能找到一个与之相似、对应的地方，尤其是当我们将刻板印象套用给各个地方时。帕克的电影取得了相当大的成功，并且留给人们很深的印象。1985 年，马克·迪登（Marc

Didden）的影片《伊斯坦布尔》中，美国恋童癖者克拉姆斯基在英国犯罪后逃到比利时，在奥斯滕德，他打算筹一笔钱逃往伊斯坦布尔。为什么选择这里作为目的地？他给出的答案是：为了在一座跟我一样令人厌恶的监狱中慢慢腐烂。《午夜快车》里的场景在这句话中燃烧。克拉姆斯基在提到伊斯坦布尔时说："亚洲人有的是耐心。"有人立刻纠正说伊斯坦布尔在欧洲。克拉姆斯基答道："伊斯坦布尔在欧洲也在亚洲，它不属于任何人。"

地中海视野：西班牙与意大利电影中的伊斯坦布尔

在这趟伊斯坦布尔电影之旅中，西班牙和意大利银幕上呈现出的许多画面也值得一提，它们让人想到关于这座城市的地中海性的问题。意大利方面，有从奥斯卡·布纳奇（Oscar Brazzi）的《魔鬼性爱》（1971）到弗森·欧兹派特（Ferzan Özpetek）的《伊斯坦布尔红》（2017）；西班牙方面，有杰斯·弗朗哥（Jesus Franco）与埃迪·康斯坦丁（Eddie Constantine）合作拍摄的《间谍之家》（1966），以及安东尼奥·伊萨西-伊萨门迪（Antonio Isasi-Isasmendi）与克劳斯·金斯基（Klaus Kinski）合作的《伊斯坦布尔的男人》（1965）。虽然上述电影大多可以归入"欧洲烂片"的范畴，但这些导演中却不乏日后名扬海外之人，且不可否认的是，这些影片丰富了伊斯坦布尔在观众心目中的形象，也让我们注意到一些关于这座城市电影表征的问题，例如：在地中海视野下，人们是否会用带有明显地中海特色的方式来表现一座"另类"地中海城市？答案无疑是否定的。

1963年上映的007电影《来自俄国的爱情》中许多经典镜头都拍摄于伊斯坦布尔。007系列在西班牙和意大利影响颇深，启发了多部同主题影片。1965年，意大利与法国合作拍摄了基于《金手指》的嘲讽电影《詹姆士·笨得行动之金嗓子》。上文提到的《间谍之家》和《伊斯坦布尔的男人》以伊斯坦布尔作为故事发生的地理背景也并不稀奇——007系列曾在此取景，因此后续效仿或嘲讽007的电影也选择在这座城市里拍摄，以突出互文性。1963年对伊斯坦布尔题材电影来说是重要的一年，《不朽的女人》也在同年上映，这部电影在名气上虽不能与《来自俄罗斯的爱情》一争高下，但不可否认它依然为许多导演带来了灵感。《魔鬼性爱》中诡异的天气和难以名状的危险氛围都有借鉴罗布-格里耶作品的痕迹。不同于《不朽的女人》中变化万千的城市形象，《魔鬼性爱》里的伊斯坦布尔呈现出的形象是前后一致的。此片中，两对意大利夫妇来到博斯普鲁斯海峡附近的一幢僻静的别墅度假。在大多数电影里，到阳光海岸度假的夫妇往往深陷情感危机之中，此片也不例外。他们很快就发现这栋别墅曾经的主人是一位法国女雕塑家，她在宅中自杀后，只剩下女管家法特玛独居此地。女管家是土耳其人，却奇异地起了一个阿拉伯名字，她脾气不好，常常令人十分不安。电影对白中有一句将这栋别墅总结为"死亡之屋"。这片延伸至博斯普鲁斯海峡的地中海一改人们心目中的印象，没有丝毫明媚可言。电影的外景多数在夜间拍摄，海水的颜色浑然一体没有深浅变化，安德里亚一下船就说："这海的颜色如此暗沉，仿佛铅一般。"没过多久，他在一场明显人为制造的意外中逃过一劫，我们可以再次从城市暗藏的阴谋与杀机中看到罗布-格里耶的影子。此外，片中亦不可避免地加入了肚皮舞场景，且克罗蒂娜觉得这里的人"说话好像猜谜"。《魔鬼性爱》描绘的伊斯坦布尔充满了异国风情，比起地中海风格来说，这里似乎更具有东方气息。杰斯·弗朗哥1971年的作品《吸血鬼的女继承人》也是如此风格。说到吸血鬼话题，还需提及弗朗哥·莫莱蒂，他在《欧洲小说地图集：1800—1900》中恰如其分地指出，黑暗生物出没的地方标志着熟悉世界的边界，这是否正是杰斯·弗朗哥意图表达的思想，将熟悉的地中海的终极边界划在伊斯坦布尔？上述几部电影已在被遗忘的边缘，但它们仍能引发一定的思考：意大利和西班牙的电影似乎并不纠结于地方的本质。

二十世纪六十年代可谓伊斯坦布尔主题电影的黄金期，此后一段时间，这座城市在影坛陷入沉寂，直到九十年代又回归热点。1994 年，文森特·阿兰达（Vicente Aranda）的作品《土耳其式激情》展现了一场反差强烈的爱情，男主人公是一名土耳其向导，女主人公则是来自马德里的游客。这部电影依旧充满了对伊斯坦布尔陈词滥调式的表达，但从另一个角度来看却能带来一些启发：它与阿尔弗雷多·兰达（Alfredo Landa）七十年代初主演的一系列电影存在某种对应关系。[1] 兰达的电影中讲述过一些斯堪的纳维亚女游客在西班牙的美丽海岸上与当地人相恋的故事。若以此结构分析《土耳其式激情》，则那位土耳其向导对应着西班牙当地男性的角色，而片中的西班牙女游客对应着瑞典女游客的角色，爱情双方的鲜明对比使电影带有强烈的张力。西班牙女性遇上土耳其男性，仿佛地中海西部与东部之间的鸿沟在不断拉开，这种东西差异是否有渐渐取代传统的南北差异的倾向？至少在银幕上有此迹象。1997 年弗森·欧兹派特的作品《土耳其浴室》也暗示了地中海东部与西部之间的关系。导演欧兹派特出生于土耳其，后来渐渐习惯了在意大利的生活，而影片中的男主人公弗朗西斯科却正好相反，他从意大利赶赴土耳其处理姨妈阿尼塔的后事，继承了一间土耳其浴室。阿尼塔本身也是意大利人，她主动选择来到风景如画的伊斯坦布尔度过余生。弗朗西斯科与妻子玛尔塔都在婚姻中疲惫不堪，二人在罗马生活时已对周围的人和事失去了兴趣。来到伊斯坦布尔的弗朗西斯科在经营浴室的过程中对外面的世界敞开了心灵之门。他在一位律师的邀请下不得不观看一场肚皮舞表演，然而面对妖娆舞姿的他却分了心——此刻，伊斯坦布尔已不仅仅是陈词滥调下的风景。男主人公决定修缮浴室，此间遇到了曼米并与

---

1 阿尔弗雷多·兰达一度在西班牙喜剧中地位甚高，二十世纪六十年代末七十年代初，他的作品常以诙谐幽默且为大众所接受的方式反映西班牙生活的日常。

之情愫暗生，而妻子玛尔塔也坦白自己在罗马另有情人，于是二人的婚姻告终。影片结尾，弗朗西斯科遭遇杀害，与此同时，在城市的另一个角落，玛尔塔却意识到自己重新爱上了丈夫。得知噩耗，玛尔塔决定留下来替亡夫照看浴室的生意，这里成为了传统价值上的赎罪之地。伊斯坦布尔是一座极端的城市，来访者在此都面对着持续的危险，然而也正是危险的升华才让人得以窥探真相，仿佛某种必须付出的代价。玛尔塔选择了阿尼塔的旧路，离开意大利，长居伊斯坦布尔。弗朗西斯科曾找到姨妈阿尼塔的信札，在影片中穿插以旁白的形式诵读，末尾玛尔塔说道："一阵清风愿我安好。"地中海的神话特性隐藏在了它的东部，好客性与真实性在东部得以留存，而在意大利乃至西班牙，这些特性早已失去。同样，阿兰达的电影也反映了这一话题。

三　积雪的伊斯坦布尔——刻板印象之破碎

这趟电影之旅引向的结论不甚乐观。一座城市究竟能否用作品来表现？也许可以，但这过程中僵化的因素实在太多。伊斯坦布尔能否用作品来表现？这个问题需要细化地回答。用作品来表现它当然是可以的，但在这座城市持续流动的形态中，没有任何一刻的表征能够凝固为永恒。伊斯坦布尔不是一座静态的城市，它随着人们近观的视线而不断向后逃逸，仿佛地平线一般，因此，人们所看到的、所表现的城市只是其本身的代称。用作品表现一座城市，意味着将其束缚在某种身份之下，然而任何城市都不能削减为单一的解读与呈现，所以给城市限定身份的尝试往往是徒劳的，城市会从中逃离。我们可以把城市看作一本书，每位读者都有属于自己的解读方式，并且如果我们愿意换一种视角重新解读，则所见所闻又是一番新天地。

大约十五年前，我曾在一篇文章里讨论了伊斯坦布尔的文学表征[1]，并且提出以一种多聚焦的方法看待文学作品中的地方，将表现同一个地方的多种文本并置，比较其中的相异观点或互补观点。多聚焦的方法一直是地理批评的重要组成部分，如今我认为可以将其进一步具体化。随着时间推移，我更加努力地尝试开启一个摆脱种族中心思想的世界。在某种意义上，城市的虚构表征与电影和书籍的译介有共通之处：一本书或一部电影之所以有机会被翻译成外语，往往是因为它印证和强化了译入语一方的刻板印象。书籍和电影一样，都需要博取受众的认同感，所以它们更倾向于维持已被接受的陈词滥调，与受众内心的景观保持一致，而非刻画崭新的形象。如此，当为数不多的土耳其电影在纽约或巴黎的影院上映时，它们能凭借什么力量改变观众已经固化的观念？脱离主流观念的作品发行量少之又少，书籍与电影皆是如此。在全球化时代，土耳其的文化产品进出口比例差着实令人震惊，幸而仍有两位国际知名的文化人物，一位是诺贝尔文学奖得主，作家奥尔罕·帕慕克；另一位是捧回金棕榈奖的导演努里·比格·锡兰，《适合分手的季节》(2006)与《冬眠》(2014)都是他的作品。此二人皆偏爱表现白雪皑皑的伊斯坦布尔，他们的作品在土耳其之外也具有很强的影响力，2013年上映的法国电影《泪中兄弟情》里，让-巴普蒂斯特·安德烈（Jean-Baptiste Andrea）导演也拍摄了雪中的伊斯坦布尔，这在法国影坛中可谓极为罕见，有时甚至令人怀疑这部电影是否只是偏巧遇上了雪天。然而我宁愿相信，伊斯坦布尔雪花落地的声音正是这座城市刻板印象的破碎之声。

（乔　溪　译）

1　Bertrand Westphal, *L'œil de la Méditerranée. Une odyssée littéraire*, chapitre « Istanbul. L'habitacle en dérive », La Tour d'Aigues: Editions de l'Aube, 2005, pp. 41-62.

第八篇

民族文学还剩下什么?
——以奥地利为起点的欧洲之旅

一　什么是民族文学？

　　谈论民族文学从来都非易事，首先存在第一个问题：如何定义民族一词？由第一个问题又引出第二个问题：如何将文学与民族联系起来？甚至有人可能会思考一个民族是什么。

　　针对后殖民研究的伟大先驱之一本尼迪克特·安德森给出的基本定义，我想指出的是，法语中通常把 imagined community 译作 communauté imaginaire，而实际上我认为 co-mmunauté imaginée 的译法应该更为恰当，前者是"假想的共同体"，后者才是"想象的共同体"。这一共同体的形成过程充满丰富的想象，有时甚至是危险的，尤其是当它涉及一些执着于划定边界的政治问题时，就会异常敏感——这些边界可能锋利至极，不容触碰。暂且跳过这一话题。

　　我们自以为很清楚法兰西民族是什么，它在文艺复兴全盛时期就形成了政治边界。我们注意到在欧洲，许多民族展露于十六世纪，也正是从那时起，人们才开始谈及"欧洲"一词，因为欧洲的概念是随着"欧洲人"概念的出现而产生的，而"欧洲人"这一字眼出现于十五世纪下半叶。换言之，欧洲和欧洲的第一批民族同时出现。再次跳过这个话题,即便它颇为有趣且与时事密切相关。

如此种种都意味着一个民族是同时在空间和时间、地理和历史之中形成的。因此,对文学来说也一样,讨论一个民族的文学亦需要从这些方面综合思考。

本尼迪克特·安德森认为,当大家共同使用一种神圣的语言(拉丁语),服从于至高无上的权威(君主),并认为历史与神话(《圣经》)互不可分,这样的统一局面形成时,民族的概念由此出现。现代民族已然意识到,其领土的确定取决于受多种语言变化影响的身份变化、对不同的政治制度的坚持以及具体的时空参照。真正的困难在于民族的概念基于对共同体的看法,这是一个大到足以使组成它的不同个体相互之间不再了解的共同体。因此,我们必须想象一个较小的公分母。这里的"想象"就源于著名的"想象共同体"一词。

文学史是选择与共识的产物,且文学在定义人们身份的过程中是具有强指向性的矢量,因此对待文学须持谨慎态度。

以法国为例,以我个人为例。我是阿尔萨斯人,尽管我没有受到身份问题的困扰,但这个问题与我密切相关。如果我出生于1648年,那么《威斯特伐利亚和约》会让我成为法兰西王国的国民。如果我出生于1494年,那么我会是神圣罗马帝国的自由城市斯特拉斯堡的公民。如果我出生于1871年,那么我会像我的祖父母和曾祖父母一样成为普鲁士公民。我会住在帝国直辖领阿尔萨斯—洛林。如果我出生于1918年末,那我会是法国公民(不过我必须等到几个月后《凡尔赛和约》正式生效才行)。如果我出生于1940年,我会像我父母一样受到巴登州—萨尔州的统治。但是我出生于1962年,即使我的母语既不是法语也不是德语,而是阿尔萨斯方言,但我由始至终都是法国人。不过我后来不再学习阿尔萨斯方言,因为在我出生前不久颁布的宪法第二条规定:法兰西共和国的语言是法语。法语是官方语言,并且是唯一的官方语言。我还是阿尔萨斯人吗？是的，不过是自 2016 年"大东部大区"出现之时。阿尔萨斯隶属大东部大区，将在 2021 年成为"阿尔萨斯欧洲共同体"。

历史一直在演变，变化巨大，语言是一场真正的循环往复运动，本尼迪克特·安德森曾提及的拉丁语与此无关。以他在阿尔萨斯完成的两部作品为例，一是中世纪或者算作人文主义初期的主要畅销书，1494 年塞巴斯蒂安·布兰特（Sébastien Brant）创作的《愚人船》（法语标题为 La Nef des fous）。实际上，我将其称为阿尔萨斯作品是对一些问题做出了简化处理（但对于德国人来说反而变复杂了）：其实《愚人船》还有一个德语标题（Das Narrenschiff），然而作者塞巴斯蒂安·布兰特于 1458 年出生于斯特拉斯堡，又于 1521 年在斯特拉斯堡去世。按照此地的历史，这本书的归属究竟怎么算？该书的作者又该归属哪个国家？它属不属于法国文学？法国文学可以用德语书写吗？在任何情况下都不行：这要追溯到宪法第二条。布兰特属于介于两者之间的作者吗？他在斯特拉斯堡留下的痕迹只有一个广场的名字：塞巴斯蒂安·布兰特广场。另外一部作品应该是 1909 年在柏林出版的《异乡人》，作者勒内·席克勒（René Schickele）于 1833 年出生于下莱茵省的奥贝奈，并于 1940 年在旺斯去世。席克勒来自阿尔萨斯，用德语写作，是柏林学会的成员。他又该被视为哪国作家？他的书又该如何处置？正如他的小说标题一样最终成为"异乡人"[1]吗？无论如何，他在斯特拉斯堡留下的痕迹是一条街的名字：勒内·席克勒（René-Schickelé）街。奇怪的是，当他的名字最后一个字母 e 上带有尖音符时[2]，我的拼写检查竟无法识别出来是席克勒的名字，而显示拼写错误。

---

1 该小说与后来法国作家阿尔贝·加缪的著名作品《异乡人》（或译作《局外人》）同名，二者并无直接关联。——译者注
2 带有尖音符的 é 是典型的法语写法。如果将 Schickele 写成 Schickelé 时拼写检查系统无法加以辨认，说明这个名字的法语写法不被认同，未收录至词库。——译者注

在阿尔萨斯出生的作家若想有朝一日在法国文学选集中占有一席之地，那么也许用法语写作更有胜算。当然，如果像我这样出生于1962年，问题就简单多了。

很遗憾，布兰特和席克勒都没有出现在法国文学选集中。在阿尔萨斯创作的文学作品本就屈指可数，而这个属于法国将近四个世纪的地区却还因创作语言的问题失去了两位最负盛名的代表人物，将他们二人拱手让给邻居德国。毫无疑问，语言是个奇妙的事物，同样一句话，在莱茵河此岸是真理，放在彼岸就成了谬误，反之亦然。

幸运的是，阿尔萨斯还有一位使用法语进行创作的年近百岁的伟大诗人克劳德·维杰（Claude Vigée）。拼写检查系统依旧迷糊，它能够识别出德语写法的席克勒（Schickele），却识别不出法语写法的维杰（Vigée）。难道应该用德语拼写维杰的名字吗？

二 什么是奥地利文学？

讨论过阿尔萨斯，现在我们将目光向东转移，话题切换到奥地利文学，看看略微偏东的欧洲中心。在此提出与刚才同类型的问题：什么是奥地利文学？

如果说阿尔萨斯这个例子相当棘手，那么奥地利就更是如此。这两个地方的联系并非偶然。阿尔萨斯在某种程度上代表中欧地区的西行军，奥地利曾在奥匈帝国内部积极推动贯彻中欧这一理念。的确，影响中欧地区版图的多瑙河就发源于阿尔萨斯和巴登—符腾堡州边界的另一侧，尽管其发源地几乎与尼罗河一样神秘。多瑙河的发源地是多瑙艾辛根抑或是富特旺根？我不知道于1986年开始创作《多瑙河》的克劳迪奥·马格利斯在海上航行期间是否找到这个问题的答案以及关于河流与时间的答案。

我尽量避免回溯奥地利的历史，因为它就像所有的欧洲历史一样复杂，尤其是所有的中欧历史，实在太盘根错节。奥地利始于何时？何地？如何形成？当下的奥地利文化与彻底成为过去的奥地利文化之间存在什么联系？这个问题看起来很荒谬。尽管如此，这个问题还是引起了人们的关注，被法国称之为"austriacisants"（指研究奥地利的学者）的奥地利文学专家尤其感兴趣，其中最著名的是雅克·勒里德（Jacques Le Rider）。

就像我刚刚思考法国和阿尔萨斯之间的关系一样，勒里德在一篇名为《我们能否谈论奥地利文学？》的文章中提出了以下有关奥地利的问题，该文章的题目颇有说笑的意味。我按顺序完整地引用了这些问题，因为虽说其具有谈笑之意，我却觉得这些问题恰如其分。

问题一：

> 认为奥地利文学始于哈布斯堡王朝的地缘政治出现之前的说法是否合理？[1]

事实上，这样说并不算完整，这种标准也许仅仅对于奥地利的专家而言顺理成章。很多人都曾听说过哈布斯堡王朝及其统治领域，但只有少数人能够厘清其本质。我特意在学者们应尽量避免引用的维基百科上核实了对哈布斯堡王朝的定义，该网站给出了五行文字介绍：

> 哈布斯堡王朝（哈布斯堡帝国）是指哈布斯堡家族的旁支奥地利哈布斯堡王朝于1278年至1780年期间统治的区域，后于1780年至1918年被哈布斯堡—洛林王朝取代。哈布斯堡王朝于1804年

---

[1] Jacques Le Rider, « Peut-on parler d'une littérature autrichienne? », in *Revue Germanique Internationale*, n° 8, 1997, pp. 201-211.

至1867年统治奥地利帝国，后统治奥匈帝国，直至1918年解体。[1]

那么奥地利文学到底是诞生于1278年，1780年还是1804年？此事并不简单。如果说法兰西字典里没有所谓"不可能"，那么奥地利字典里也没有所谓"简单"。文学最终还是找到了适合自我发展的沃土。不管怎样，如果我对于雅克·勒里德的文章理解正确的话，那么同样是在这片土地上，创作于中世纪的作品却不一定算作奥地利文学。日光之下并无新事，正如我刚刚所提及的欧洲文学一样，我们能否在1450年"欧洲人"概念形成之前谈论欧洲文学？自然是无从谈起。奥地利文学也是同理。

问题二：

这不仅仅是历史问题，还涉及空间问题。我们应当并且可以将奥地利文学与哪个区域联系起来？我们是否应当承认曾经隶属于哈布斯堡王朝统治下的任何领域都可以被视为奥地利文学？或相反，我们是否应当承认十九世纪的变革已经将中欧地区的文学与奥地利文学明确地区别开来？[2]

这与上一个问题一样都是开放性问题。的确，地球成为子午线的牢笼，将我们纷纷困在其中。为了摆脱束缚，我们倾向于不给出绝对的、确定的答案。显然，将上述二者明确分开必是一个暴力的过程。我总是能联想到普洛克路斯忒斯的传说，他在十字路口设置铁床，根据铁床长短来调整过路行人的身高，哪怕需要精确地切割身体。这有点像划分边界。正如奥地利历史上的邻国、美丽的国度匈牙利目前的统治者欧尔

---

[1] Wikipedia, article Maison de Habsbourg.

[2] Jacques Le Rider, « Peut-on parler d'une littérature autrichienne? », in *Revue Germanique Internationale*, n° 8, 1997.

班·维尔托所做的那样。

正如茜茜公主的所有崇拜者所知，奥地利和匈牙利曾经联系紧密，茜茜公主是一位不幸的皇后，在布达佩斯有一座媚俗的雕像。奥地利哈布斯堡王朝分布于多瑙河沿岸。在加利西亚、布科维纳、特兰西瓦尼亚、巴纳特、波斯尼亚—黑塞哥维那（于1914年对世界历史产生影响），甚至是克拉尼斯卡、斯拉沃尼亚、波希米亚、摩拉维亚等都有奥地利哈布斯堡王朝的影子。这些历史感厚重的地名充满了戏剧色彩和梦想，并且总是与伟大的文学交织在一起，令人心驰神往。

说起加利西亚一定会提到约瑟夫·罗特（Joseph Roth）。说起波希米亚一定会提到弗朗兹·卡夫卡。说起布科维纳一定会提到保罗·策兰（Paul Celan）或格里高·冯·雷佐利（Gregor von Rezzori）。说起特兰西瓦尼亚一定会提到赫塔·米勒（Herta Müller）或理查德·瓦格纳（Richard Wagner），我承认后者不如与他同名的那位作曲家出名。

所有这些人都被归于奥地利文学，但这些人现如今全部没有奥地利国籍。约瑟夫·罗特是波兰人，弗朗兹·卡夫卡是捷克人（人们也是根据这个国籍将其列入文学史），保罗·策兰和格里高·冯·雷佐利是乌克兰人，赫塔·米勒和理查德·瓦格纳是罗马尼亚人，在获得德国国籍而非奥地利国籍之前，他们曾是罗马尼亚人。

在某些情况下，事情会变得非常复杂。诚然，雷佐利是乌克兰人，但是如果1914年5月13日他出生于奥地利，他就会成为罗马尼亚人，如果他没有离开故乡切尔诺夫策来托斯卡纳，持着奥地利护照与一位男爵夫人结婚并定居于此。顺便提一下，雷佐利扮演了路易·马勒的《玛丽亚万岁》一片中魔术师迪欧根尼的角色，该剧由碧姬·芭铎（Brigitte Bardot）和让娜·莫罗（Jeanne Moreau）一同出演，在墨西哥库埃纳瓦卡市拍摄完成，这促使他写道：

> 关于罗马尼亚的记忆总是在我心头萦绕。墨西哥总是让我难以忘怀。……库埃纳瓦卡市因其拜占庭式的小人物，行政办公室底层的自我崇拜，让我觉得这就是切尔诺夫策。[1]

在这些有所争议的国籍当中唯独没有墨西哥。

我不禁想举第二个例子，诺贝尔文学奖获得者埃利亚斯·卡内蒂（Elias Canetti）。他于1905年出生于奥地利的鲁斯丘克（今保加利亚的鲁塞）。卡内蒂是曾经逃脱卡斯蒂利亚女王伊莎贝拉和阿拉贡国王费迪南德迫害的西班牙塞法迪犹太人的后裔，他处于一个真正的身份漩涡之中。"如果我将自己的身份局限于保加利亚，人们对多重身份的认知将非常片面：拥有不同血统并且可以说七八种不同的语言的人。"[2] 他说他的母语是犹太人废弃不用的卡斯蒂利亚语，罗马尼亚语是他乳母的语言，德语是一种神奇的语言，保加利亚语是女佣们的语言。卡内蒂曾随父母搬到曼彻斯特定居过一段时间并且学习英语，于苏黎世逝世。卡内蒂能够获得诺贝尔文学奖在很大程度上源于他的自传，这并不出人意料。

虽然维基百科的学术价值有限，但其中有一篇有关卡内蒂的文章所描述的情况却非常值得一提：

> 埃利亚斯·卡内蒂于1952年成为英国公民，持有土耳其和英国两本护照。他作为奥地利作家被授予诺贝尔奖。斯德哥尔摩委员会内部就此展开了讨论，因为好几个国家都要求奖项授予时的国家提名归属权，包括卡内蒂的家乡保加利亚，将卡内蒂列为德语文学

---

[1] « Les morts à leur place » de Gregor von Rezzori, traduit de l'allemand par J. Lajarrige-Le Serpent à plumes, p. 295, voir: http://www.lefigaro.fr/livres/2009/10/08/03005-20091008ARTFIG00498-quand-gregor-von-rezzori-faisait-son-cinema-.php.

[2] Elias Canetti, *Histoire d'une jeunesse. La langue sauvée*, Paris: Albin Michel, 1981.

的德国，其作为公民的英国以及居住地瑞士。后来，诺贝尔基金会网站将卡内蒂归为英国作家。[1]

这就是中欧地区。这就是克劳迪奥·马格利斯第一篇评论中的主题，由于时间有限，我便不再赘述，因为每个人都可以轻易找到它，在BFM电视台或是在利摩日市的书店。

最后，我再列举一位与中欧理念有关的名人。那就是米洛·多尔（Milo Dor），他在巴奇卡和巴纳特度过了童年里的一段时间。尽管多尔于1923年出生于布达佩斯，但他人生的前几年在巴纳特的图拉克度过，后随家人定居在巴奇卡的朱尔杰沃。9岁那年他住在大贝克尔克，现今伏伊伏丁那自治省的第三大城市兹雷尼亚宁。2005年，他作为奥地利公民在维也纳去世。如果说有一个谈到中欧问题必须提及的人，那一定是米洛·多尔，尤其是那篇由他撰写，经雅克·拉贾里格（Jacques Lajarrige）翻译的作品《中欧，虚构还是现实？》。

中欧是虚构还是现实？米洛·多尔没有给出明确的答案。中欧也许是源于对"回归乌托邦"[2]的需求，也许只是"一种幻想"[3]。根据多尔的说法，克劳迪奥·马格利斯先于自己十二年重提了中欧理念，在当时的确"引起了人们对深埋并遗忘已久的连续性的关注"[4]。

通过阅读多尔的文集，我们可以看出这一连续性具有双重性。中欧实体建立在共享历史与文化的基础上，马格利斯在其众多精彩的随笔中完美地证明了这一点。但中欧的存在也是个人心理投射的结果，它相当于一个亲密空间。正如多尔所说，"每个城市对我们每个人而言归根结

1　Wikipedia, article Canetti.
2　Milo Dor, *Mitteleuropa: Mythe ou réalité*, Paris: Fayard, 1999, p. 15.
3　*Ibid.*, p. 21.
4　*Ibid.*, p. 14.

底都是一些具有特殊意义的细节"[1]。中欧理念的倡导者试图抓住的正是这些细节。根据他们的路线所绘制的地图通常最终形成中欧地图。在这里主线是多瑙河,在那里是哈布斯堡王朝的大城市,在其他地方则是前奥匈帝国在四处逆风开展的教育冒险。尽管对于在匈牙利出生的塞尔维亚族人米洛·多尔而言,维也纳和奥地利是真正的首选之地,但他的过去表明其属于后一类,即个人心理投射的结果,正如许多生于帝国而非奥地利的作家一样。最振奋人心的中欧版图当属自传作家所勾勒出的地图,它描绘出亲密地理的轮廓。最终究竟是虚构还是现实?当然,实际是二者并存的局面。中欧是陷入客观身份幻想中的自我的现实,但这处于一种无法接近的现实、一种不断隐藏的空间之中。

此处不再就中欧问题拐弯抹角了,现在谈谈雅克·勒里德的结论,他曾提出相关问题:"关于奥地利德语文学的奥地利身份的争论同关于'奥地利民族'概念的争论一样,都很复杂,且是一场持久战。"[2]

的确如此,在奥地利历史中,奥地利绝不是一个民族国家(État-nation),民族国家这个表述取其法语本义。

三 当今虚构的奥地利

2005年,克劳迪奥·马格利斯出版了作品《无限旅行》(意大利语原文为 *L'infinito viaggiare*)[3],该题目法语译为《旅行》(Déplacements),少了几分原汁原味。书中克劳迪奥·马格利斯收集了一些意义深刻的游记,其中许多都与中欧有关。

---

[1] Milo Dor, *Mitteleuropa: Mythe ou réalité*, Paris: Fayard, 1999, p. 190.

[2] Jacques Le Rider, « Peut-on parler d'une littérature autrichienne? », in *Revue Germanique Internationale*, n° 8, 1997.

[3] 参见 Claudio Magris, *Trois Orients. Récits de voyages* [2005], traduit de l'italien par Jean et Marie-Noëlle Pastureau, Paris: Payot & Rivages, coll. « Rivages poche/Petite bibliothèque », 2006。

大家知道马格利斯，正如我所说，他在二十世纪八十年代创作的《多瑙河》中重提了中欧理念，所谓的中欧是指在第一次世界大战打败其最后的扩张野心前，在第二次世界大战纳粹实施众所周知的种族灭绝政策期间，并且在奥地利被吞并后的，曾经以维也纳为中心的欧洲中部地区。奥地利遭到侵占后，卡夫卡和 1939 年 5 月在巴黎逝世的约瑟夫·罗特大概未能幸免于难，策兰得以幸存，卡内蒂于伦敦避难，还有其他人，许许多多的人⋯⋯

在介绍其作品前，马格利斯提出了一个非常合理的疑问，他带着真诚质疑道：何必去关注这无用的序言呢？它看上去仿佛是一番为时过早的解读。在马格利斯看来，只有一种文体属于特例：游记。因为旅行是一篇连续不断的序言，是永远处于悬念之中并无法猜到结局的前奏。

我们必须认识到这篇关于奥地利文学的附记并不仅仅是一次回顾，更是一次探索，一次镜中奇遇，一篇真正的游记，并且是最苛刻，甚至可能是最艰难的游记。对我而言，对马格利斯观点的应用用他的语言来说是 atto dovuto（必须做的事），一种表达尊敬的方式。当年正是在课上学习《多瑙河》(1986) 的时候，我终于理解了一个从维也纳至切尔诺夫策（今乌克兰的切尔诺夫策），甚至从萨尔茨堡至鲁斯丘克（今保加利亚的鲁塞）的空间以及文学的美感与诗意。

在 1996 年至 1997 年间，我开始准备有关奥地利的文章，如今到 2018 年已经过去 20 多年了。这段时间仿佛一个快镜头，让人感到历史在不断加速。事实上，在此期间出现了许多令人悲伤失望甚至震惊的情况。这段时间可能不算太美好。

2005 年，我刚刚提及的米洛·多尔去世了。2003 年，在多尔的 80 岁生日之际组织的学术研讨会上，我有幸在他面前就他记录在《中欧，虚构还是现实？》一书中有关童年和青年时期的旅行发言。我永远记得这个和我们一起喝咖啡、安静聊天的充满魅力的人。米洛·多尔出生于塞尔维亚人家庭，尽管承受了很多事件的压力，尤其是在二十世纪九十年代，但他都始终保持冷静，这是伟大的思想所具有的特点。

至于彼得·汉德克（Peter Handke），我们可能不能这么说，他并非塞尔维亚族人，但却在"南斯拉夫"内战达到高潮后失去了自己的标准。1996年，汉德克发表《多瑙河、萨瓦河、摩拉瓦河和德里纳河冬日之行》一书，引起了首次争议。这的确让我感到惊讶，因为这篇游记与他之前的作品并无直接联系。在那之前，汉德克忙于探究奥地利的近代史，而不是与1991年在巴尔干半岛挑起战火的那些人为伍。然而在2006年远非如此，他参加了独裁者斯洛博丹·米洛舍维奇在家乡波扎雷瓦茨的葬礼并发言，言语冰冷或者说发言令人心寒。连塞尔维亚当局都没有出席葬礼。

当这种情况出现于非奥地利作家佩尔·奥洛夫·桑德曼（Per Olof Sundman）身上时，人们表现出非同一般的强烈震惊。1997年，我撰写了一篇文章，比较克里斯托夫·兰斯迈耶（Christoph Ransmayr）的《冰与黑的恐惧》(1984) 和佩尔·奥洛夫·桑德曼的《工程师安德烈的旅行》(1967)。桑德曼的这本小说在与北极相关的文本中占有一席之地。1982年，该小说被优秀的瑞典导演扬·特洛尔搬上银幕。当时我不知道桑德曼在第二次世界大战期间加入了瑞典纳粹党。他在去世后将这个秘密带入了坟墓，但是坟墓并非永远无声，我们最终得知此事，仿佛坟墓在沉默了多年后突然张口说话。我承认当时深受这条消息的影响，尤其是此类新闻亦不在少数。好几个文学理论家在不同角度、不同程度都曾有过此类事件，这无疑给已经陷入艰难处境的文学史更添一层阴影。

说到底，不管发生什么，奥地利文学都会拥有如今的重要地位。诸如诺伯特·格斯特林（Norbert Gstrein）、马琳·史翠鲁威茨（Marlene Streeruwitz）和彼得·史蒂芬·荣克（Peter Stefan Jungk）等新一代作家证实了这一点。他们在这个有利于写作的环境中绝非个例，无论奥地利的政治环境如何，创作条件是否总是有利，新生作家都层出不穷。

　　游历当代奥地利的文学领域并非易事。这令人着迷，同时也富有挑战性。的确，在某种意义上，旅行长期以来被视为一种折磨。英语"旅行"（travel）一词与法语"工作"（travail）一词同源，且travail也可指分娩的阵痛，其能在一种刑具中找到起源。词源学有时会给人们提供意想不到的解释。和许多地方一样，在奥地利，人们偶尔会为写作或面对白纸而大伤脑筋。在《永别》（2000）收录的三部戏剧文本之一的《沉默》中，埃尔弗里德·耶利内克（Elfriede Jelinek）强烈讽刺了这些关于痛苦和"工作"的表达。戏剧中的主人公决定将一部终极作品奉献给舒曼，在他的期盼中，这部作品本该注定流传于世，然而纸张却终究一片空白，主人公也迷失了自我。但这丝毫不重要，说到底还是因为：

　　　　人们甚至已不再需要写作。突然，我停了下来。我谈论写作，然后我否认写作的重要性，因为我不吐一字，不写一言。拜托。……我经历了最困难的事情，但我不在乎。总之，这就是有关写作的全部内容。人们渴望更多地了解我的困难。舒曼并不能引起他们的关注，他们对我的困难更感兴趣。相较于舒曼这个他们已经拥有所有唱片的作曲家来说，他们对我的困难抱有更多的期待。[1]

　　我们需要如此深入讨论这个问题吗？在奥地利作家中，众所周知有一个挑战写作障碍的作家，那就是克里斯托夫·兰斯迈耶。一开始他关注浮冰之白，后又被纸张之白吸引。他的回答很美："在纸上勾勒出花纹，如果你想，还可以写上几句自由诗。" 2006年，他的《飞山》（La

---

[1] Elfriede Jelinek, « Das Schweigen », in *Das Lebewohl*, Berlin: Berlin Verlag, 2000, p. 45.

Montagne volante）创作完成，整部小说都关注各类元素的白色和字词之间的空间。

人们在阅读时也会感到痛苦。在阅读托马斯·伯恩哈德（Thomas Bernhard）或埃尔弗里德·耶利内克等在奥地利颇有名气的作家的作品时，我们常常没有一丝笑容。如果我们发出笑声，更可能是因事物的黑暗、纸张的白色、风景的灰调而发出的苦笑。然而，当代奥地利文学也是一个丰富多彩的整体。诚然，人们将这一发现归为惊喜，但事实并非如此。即便我如此坦诚（我没有自称为日耳曼语族的专家），可我对此还是有点怀疑。

当我们试图谈论"雪花效应"和"越冬史诗"的时候，兰斯迈耶的《冰与黑的恐惧》就会突然浮现在脑海里。雅克·拉贾里格是名副其实的研究奥地利文化的学者，当他邀我讨论格里高·冯·雷佐利和米洛·多尔时，我迫不及待地答应了，因为这两位作家实属影响未来发展前景的人。

至于伯恩哈德和汉德克，我一直在等待合适的机会来分析他们的一些作品。我认为汉德克的《缓慢的归乡》（1979）和《短信长别》（1972）是当代文学的杰作。

至于马琳·史翠鲁威茨、诺伯特·格斯特林和彼得·史蒂芬·荣克，我特意有所保留。我认为他们是当代奥地利文学的代表人物，但请不要问我为什么，因为这意味着我必须首先定义他们所属的文学区域。这与在基茨比厄尔山全世界最惊险的起跳跑道上挑战蒂罗尔滑雪者无异。

现在还剩下两个名词：一个是在场，另一个是缺席。我象征性地将本该位于当代奥地利文学研究之列的那群奥地利作家归于缺席一类。埃尔弗里德·耶利内克便是其中之一。2004年，耶利内克当之无愧地获得诺贝尔文学奖，关于她的评论不少。坦白说，她的作品令我感到恐惧。

也许随着年龄增长就不会出现这种情况了,于是我拭目以待。在场意指格哈德·罗特,一位被法国出版社遗忘了的伟大作家。二十世纪九十年代我在米兰歌德学院的书架上偶然发现了罗特的《静静的海洋》(1995)一书,后来便读了其很多作品。

(朱丽君　译)

第九篇

世界文学与《子午线的牢笼》
——全球化浪潮下的当代文学与艺术

近日有事发生。

是为何事呢？

既然我们今天要为文学理论做一番总结，我尝试着这样回答：唉，伟大的理论家热拉尔·热奈特去世了。我在此不提热奈特的作品，仅是援引帕特里克·柯士昂（Patrick Kéchichian）在《解放报》中对死者充满力量的致敬：

> 二十世纪后半叶，文学理论表现出形式的僵化，但热奈特并没有摒弃它们，而是以一名作家的艺术与灵感赋予其活力。……他表现出了创造性，如若没有创造性，文学研究与文学批评便会丧失灵魂与力量。[1]

由此可见，一个人既可以是理论家，也可以是文学创作者。如上所述，热拉尔·热奈特证明了这一点。但除去热奈特的逝世，还发生了什么？问题让人困惑不已，尤其是当我们摒弃事实本身，转而着手于那些

---

[1] Patrick Kéchichian, « Le théoricien de la littérature Gérard Genette est mort », in *le Monde*, 11 mai 2018, http://abonnes.lemonde.fr/disparitions/article/2018/05/11/, consulté le 15 mai 2018.

难以捉摸的具体时期的问题时。

究竟发生了什么事呢？我们不停地叩问，但依旧难以寻得答案。我们推测、估量、思索，最终还是一无所知。然而，如若近几十年来出现了关键性的事件，我们本该有所察觉，不是吗？这显然有所保留，因为创新性的发现总是伴随着时间的滞后。因人们无节制地追求创新，"转向"这一术语就遭到了破坏。

有件事该会发生了，但具体是何时呢？

人类被自己的琐事缠身。每一天都是作为历史的一部分流过的，然而到最后究竟是何等历史！它是决定性的事件吗？关于像泛大陆分裂和大陆漂移这样的发现，我必须指出时间不可避免的滞后性。可以这样说，直到 1910 年，气候学家、地质学家阿尔弗雷德·魏格纳（Alfred Wegener）才首次提出了大陆漂移这一假说。此外还发生了什么呢？地质年代进入人类世，人类走入了征服宇宙和生命的开端。当埃德加·莫林（Edgar Morin）"反思全球"时，他以伟大的智慧祈求建立一个与人类相比几乎等同于永恒的时期。

我们总是在谈论"最近"的事情。这个词很难适用于人类世的早期情况。

——

近几十年来发生了两起与全球地缘政治有关的事件：1989 年 11 月柏林墙倒塌和 2001 年 9 月曼哈顿世界贸易中心遭到袭击。与此同时，发生了一件重要的事情，或者至少已经清楚地显现出来，即我们对世界观察视角的变化。我们越来越发现自己开始谈论"世界化"（mondialisation），同样的还有"全球化"（globalisation）这个术语，相比之下，后者更易于免受文化例外主义的困扰。

我们赋予这次事件的政治影响以价值，将思考重心集中在全球化的开端上。埃德加·莫林说："第一次全球化活动发生在史前。"[1]事实上，关于全球化开端的假说从人类世的建立一直延伸到现当代。罗马小说《我们的海洋》中就有此类假说，正如塞尔日·格鲁津斯基（Serge Gruzinski）证明的那样，西班牙对"世界四方"的占领代表着欧洲历史上第一次系统的殖民实践。全球扩张的第一次运动实际上是一次大规模的殖民化活动。全球化意味着夺取新的领土，直到将触角伸至整个地球，最终全部侵占，以牺牲殖民地人民为代价消耗物质。正如人们所指出的那样，尤其是沃尔特·米尼奥洛（Walter Mignolo）所指出的，这一阶段一直持续到当代。

越到当代社会，情况就越发生了改变。全球化的加速与去殖民化进程以及后殖民主义齐头并进。自全球化运动开始以来，欧洲势力（后来逐渐成为西方势力）第一次停止对世界及其历史解释权的垄断。当人们普遍以全局视角观察世界时，话语就变得多样化。因此，如果全球化进程加速，有关世界的观点和视角将成倍增加。也许这就是转折点，一种说不清道不明的事物让我们觉得时代已经改变。此处有两个问题需要注意。

第一点，我刚刚使用了"我们"一词。若放在不久前，在欧洲援引"我们"一词并不会引起太多评论，然而现如今却很难不去质疑"我们"这一说法的本质。回避此问题在某种程度上是种族中心主义的反应之一。第二点，正如迪普什·查克拉巴蒂（Dipesh Chakrabarty）著名的散文标题所宣称的那样，近几十年来，人们的观点发生了改变，即"将欧洲省化"。查克拉巴蒂的书名使人惊奇，其内容引人入胜。作者在书中对全球史学以欧洲为中心的本质提出质疑，并思考为无数极端欧洲传

---

[1] Edgar Morin, *Penser global. L'homme et son univers*, Paris: Flammarion, coll. Champs, Essais, 2015, p. 65.

统寻找公正的替代方法的问题。当然，印度底层学派研究所传达的历史思维是令人振奋的。[1]

二

文学主要关注上述的一切情况。上文中我在指出 1989 年至 2001 年这段时间上有些不太严谨。冒着选择一个象征性的日期来标志文学历史和理论进入新维度的风险，我很乐意选择 1987 年 1 月在帕罗奥多斯坦福校园举行的学生活动。[2] 学生们的主张似乎很温和，但实际上充满了意义，也产生了影响。他们要求修改强加给他们的阅读书单，文本不应局限于"男性、白人和逝去的"作家。他们取得了成功。各相关部门修改了教学大纲，加入了少数群体的话语，不论体裁、性别、族裔，抑或是具体文学领域还是泛型文化研究。一个有着数百年历史的文学经典的基石刚刚受到质疑，一场激烈的冲突震撼了美国学术界，人们从四面八方走上舞台。哈罗德·布鲁姆（Harold Bloom）在 1994 年出版了《西方正典》，以此对抗示威游行者和后殖民研究，该作品在美国和其他地方的许多书店的销量都名列前茅，表明这一话题是何等热门。在法国，布鲁姆和研究后殖民的许多先驱的作品都没有被翻译过。文学正典的问题勉强被勾勒出来，在一个殖民历史悠久的国家，不管它承认与否，后殖民研究

---

[1] 拉纳吉特·古哈（Ranajit Guha）在《世界历史边缘的历史》(History at the Limit of World-History) 一书中给予文学史一席之地。

[2] "Stanford Stories From the Archives", https://exhibits.stanford.edu/stanford-stories/feature/1980s, 2018-05-21："到了八十年代中期，学生对 1980 年开始的'西方文化'的入门人文课程计划表现出越来越多的不满。该计划因缺乏多样性和以欧洲文化为中心而受到批评。学生们提倡开设涵盖少数民族和女性作者的课程。1987 年 1 月 15 日，多达 500 名学生，连同杰西·杰克逊牧师，聚集在棕榈大道高呼：'嘿嘿嚯嚯，欧洲中心主义快快走。'课程辩论引起了全国的关注。1989 年，'西方文化'正式更名为'文化、思想和价值观'（CIV）计划。其中包括了关于种族、阶级和性别的更具包容性的作品。"

的影响是微乎其微的。我们长久处于结构主义的层面，谴责文本之外的东西，直到新世纪，僵局才最终被打破。出人意料的是，对霍米·巴巴（Homi Bhabha）和几位后殖民或女权主义研究的杰出人物来说，2007年是关键的一年，他们的作品被大量翻译。

这便是地理批评的基石。最初，研究的重点并没有放在后殖民研究上，而是形象学。对多聚焦和虚拟与现实之间的交叉点的研究被认为是具有参考性的，但仍有待完善。就我个人而言，直到2005年，我在得克萨斯州生活了6个月后才了解到美国少数派的言论，我在《地理批评》一书中提到过这一言论，该书于2007年由午夜出版社出版。

另一条理论线覆盖了二十世纪末除后殖民研究之外的所有批评理论。弗朗哥·莫莱蒂的作品《远距离阅读》先是在哥伦比亚大学宣传，随后是斯坦福。莫雷蒂拥有大量资金和一支研究团队，其文学研究从全球角度出发，做长期研究。例如，他研究了《欧洲小说地图集：1800—1900》（1998）中犯罪小说或连载小说的传播情况。别人都只会分析怪物在熟悉地理边界的位置，得出怪物从未离开边界的结论，但莫雷蒂做得更好。他试图找到霍勒斯·沃尔波尔（Horace Walpole）书写的普利亚大区和布拉姆·斯托克（Bram Stoker）的特兰西瓦尼亚之间逃逸的边界，并且途经当代吸血鬼作品之父约翰·波利多里（John Polidori）的希腊。莫雷蒂的理论很吸引人，但是在他提出一系列独出心裁的方法之余，许多比较文学研究者也纷纷指出了他的主要缺陷。莫雷蒂声称，根据数字人文原理，他提出的假设基于数据统计，具有其科学性。这些假设基于并不客观的直觉，非常容易出错，也从来没有摆脱种族中心主义的牢笼。此外，莫雷蒂在他的最新论文《远距离阅读》（2013）中也表示赞同。

无论如何，根据一种不同于后殖民理论并与之互补的研究方法，莫雷蒂推动文学研究领域扩大到世界范围。他的灵感源于法国一种接受度不高的理论，但是这一理论在大西洋彼岸极受欢迎：世界体系理论。自二十世纪七十年代中期，马克思主义社会学家伊曼纽尔·沃勒斯坦（Immanuel Wallerstein）和其他一些学者将其理论化。然而，即便世界具有开放性，这种开放也会在主导决策的中心出现之后再次转入封闭，对于莫雷蒂和沃勒斯坦而言，这一中心就是欧美阵营。

第三条理论线与前两条相交，由世界文学勾勒而来。世界文学在美国明显动摇了比较文学的地位。自世界文学提出以来，它经历了漫长的旅程。世界文学这一理念诞生于歌德和艾克曼之间友好而深入的交谈中。如今，世界文学回答了学者们的一系列疑问：如何在世界范围内评价文学及其历史和故事？正如我刚刚所说，世界文学领域汇集了大批学者。大卫·达姆罗什（David Damrosch）不知疲倦地创作了许多有关这一主题的散文和作品集。这位哈佛大学的教授兼任世界文学研究所主任，这一研究所的研究有时会忽略厄瓜多尔南部的世界。在那里，葛雅特里·斯皮瓦克（Gayatri Spivak）在宣布比较文学学科的消亡后，表示完全同意文学星球化的观点；艾米莉·阿普特（Emily Apter）是《反世界文学》一书的作者，该书标题鲜明，充满振奋人心的假设，尤其是在翻译方面。

为了快速梳理和补全该领域的信息，我在此简要指出两条最新的路径。第一条与星球研究有关，最初在斯皮瓦克《学科之死》中的一些片段里有所涉及，但后来主要由克里斯蒂安·莫拉鲁（Christian Moraru）等人补充完善。第二条路径则起于后殖民研究与近年来关于世界文学研究之间的相互接触。

研究虽然简略，但得到的结论是无可反驳的：在近几十年里，文学研究的范围发生了翻天覆地的变化。想要追溯这一转折点的确切时间也许是徒劳，但是整体来说，改变大致从二十世纪八十年代就一直存在，并且还未完成。这一改变产生的背景是后人类主义接下后现代主义手中的接力棒，后者似乎已经过时，这也反映出九十年代发生的空间转向，正如爱德华·索亚、弗雷德里克·詹明信、丹尼斯·科斯格罗夫（Denis Cosgrove）等人所理解的那样，其中还有如让·艾什诺兹（Jean Echenoz），自1999年起他一直以自称为"地理小说"作家。

三

正是在这种认识论的背景下，我的地理批评研究以及最新的作品《子午线的牢笼》才得以面世，该书于2016年在午夜出版社出版。整本书的创作得益于无以名状的直觉和用文字赋予其形式的迫切要求之间的交织。对于沉迷于后现代主义的我而言，写书也许正是我对回声与共鸣的复写和再现。《子午线的牢笼》一书所受外部的影响主要是图标学。我想要特意提及以下两篇资料：一是英国艺术家布丽吉特·威廉姆斯的三联画《联结·错位·和平》[1]；二是里克力·提拉瓦尼（Rirkrit Tiravanija）在与汉斯·乌尔里希·奥布里斯特（Hans Ulrich Obrist）访谈期间所作的评论。

布丽吉特·威廉姆斯的三联画，由观众任意布置各个部分，体现出漂移的即视感。这里说的不是大陆的漂移，而是国家的漂移。世界地图开始碎片化，正如最初的泛大陆，各个国家的轮廓纷纷向世界边缘退去，最终相连形成一个环形。新的世界地图违反常规，因为所有的不同国家的地图现在占据着一个圆的圆周，圆的中心是空的。边缘化进程几近结束。这就好像格里桑著名的"群岛"概念解放了思想以便于去中心化逻辑的充分发展。坦白说，正如一些人所指出的那样，边缘化进程目前尚未结束。没有什么证明漂移将在到达地球的周界之时停止，尤其是

---

[1] https://brigittewilliams.net/in-peace.

当我们将这一漂移看作后人类主义时期的一种环形海河[1]。没有什么能够证明漂移将不会跨越地球的外围边界。这一观点是地理学家告诉我的，他们也注意到我频繁使用"边界"这个词。我认为，边界应当被跨越，这是越界性的出发点。事实上，如果我在地球周界设定一个漂移的界线，我可能就设定了一个边界——这是我将必须考虑的问题。

另外一个启发我的是里克力·提拉瓦尼，关系美学的重要人物之一，关系美学在十多年前还挑起了尼古拉·布西欧（Nicolas Bourriaud）和雅克·朗西埃（Jacques Rancière）之间的论战。[2] 可能有些跑题，我言归正传，提拉瓦尼曾经对奥布里斯坦这样说过："我认为最好谈谈周边范围扩大的问题，因为从这个角度看您就会意识到您的中心实际上在外围。"[3]

从某种意义上来说，《子午线的牢笼》提出了一种布丽吉特·威廉姆斯和里克力·提拉瓦尼阐述过的全球视野的发展观。我的想法也依赖于爱德华·格里桑的群岛式思想、德里克·沃尔科特（Derek Walcott）的诗歌如《奥梅洛斯》等，鉴于篇幅限制，在这里就不一一列举了。当然，这本书是地理批评的研究工作取得的结果，同时联系了文化、艺术与文学的小众研究方法。该书萌芽于传统文学经典和绝对主义形式的边缘地带，长期以来绝对主义是西方文学理论的特征，并以"普遍主义"为名。作为一名学者，在我的生命中最有意义的震撼事件之一就是在马萨诸塞州剑桥的一家书店里淘到一篇题为《中国小说理论：一套非西方的叙事体系》（2006）的书，作者是顾明栋，得克萨斯大学达拉斯分校的教授。是的，因为文学理论本身就是种族中心主义的，这一点却往往会被人们忽略。如果说这是一个非西方的叙事系统，这是因为西方叙事系

---

1 中世纪欧洲典型的 T-O 形世界地图将世界的外围想象成由环形的海河包围的形态，代表世界边界。——译者注

2 参见 Jacques Rancière, *Le Spectateur émancipé*, Paris: La Fabrique, 2008，以及尼古拉·布西欧的各种回答。

3 *Rirkrit Tiravanija-Hans Ulrich Obrist. The Conversation Series 20*, Cologne: Walter König, 2010, p. 19.

统自认为是全世界的，而事实不一定如此，因为西方叙事系统往往会省略将自己局限化的定语。

不言而喻，视觉艺术在我的文章中占据着还算重要的位置。就我而言，当两位艺术家贝尔热兄弟（Berger & Berger）在2011年初让我围绕他们的作品之一《白色星球》(在我这里变成了《白色地球》)[1]撰写一篇文章时，我对视觉艺术的认识才清晰起来。该书描绘了一个等待被重建的乌托邦模式下的空间，一个亟待占据的未经开发的空间，就像一页纸等待被写满字或绘满画，或者字与画同时存在，就像有时会出现的那样，并且在中国艺术里总是出现的那样。因为我在艺术方面才疏学浅，围绕艺术的作品只能让我考虑到空间秩序和地图绘制的问题，但是它是强大的灵感来源。这也是《子午线的牢笼》一书所注意到的问题。

四

在结束这个简短的介绍之前，我想重提上周我与波城的地理学家在波尔多的会议发言引起的激烈讨论，那时我已经开始撰写今天呈现给大家的这篇文章。讨论中提到了帕蒂·史密斯（Patti Smith）和大陆漂移说。这个主题可能会让人惊讶，但是于2015年出版的传记《时光列车》证明了该主题的合理性，该书由这位优秀的歌手、作家及摄影家史密斯创作完成。在会议期间，我们提到了大陆漂移说采用的离心轨迹是否足够缓慢到能够逃避人类时间测量的问题。我们注意到有两种对立运动在起作用。一是属于近现代经济人假设下的起着黏合剂作用的全球化；二是坚持全球范围观点的后人类主义下的人文主义的新形式，后人类主义正朝着系统中心偏移的方向发展。这一大范围本身也可以进行调整。一

---

1 https://berger-berger.com.

方面，人们会重新思考一人之下的人类世的危险性，这个人将继续占据中心位，就像维特鲁威人所做的那样。另一方面，文学理论提供的支持可能会显得很微小，但事实上很重要，而且这一理论最终是世界的理论。因为文本之外的东西必须存在。至少我们要有所期待。

（范　蕊　朱丽君　译）

第十篇

后现代、后人类和星球化
——地理批评视域下的世界文学

一

　　世界景观比任何心灵景观都更为辽远壮阔、延绵无边。艺术无涯，人生有涯。

　　浩瀚宇宙无边无界，文化世界亦无边无界，对此，我们将做何理解？我们该如何让自己义无反顾地接受以下这些事实呢，即艺术比人生更为恒久，人类永远无法抵达艺术的边界，以及就连敢于环球旅行的最无畏的冒险者也无法掌握地球上所有文化的总和，哪怕是其中的沧海一粟？

　　那么最后，如果可以在有生之年承担起这一事业……我们如何才能规避种族中心主义的陷阱？在描绘世界及其文化的博大精深时，我们如何才能避免只引用那些与我们受到相同文化熏陶的作者的观点？理论上说，"想象的共同体"探索有别于我们熟悉领域的多元文化，它通常会限制种族中心主义的本能反应，我们能否以此摈弃这个陋习呢？

　　"探索"是这其中的关键。我们能够跳过种族中心主义的陷阱，避免陷入含糊不清的异域情调吗？上述问题是对大规模的文学地图学合理性具体表现出的疑虑和担心。

地理批评即为其中之一。星球化理论的开创者克里斯蒂安·莫拉鲁基于"地理潜望镜式的方案",在《用地理学方法解读星球》一书中罗列了许多方法清单。[1] 他认为,这些方法都存在有关星球"文本集合"[2] 接力的共性。以下仅罗列部分:宋惠慈提出的"世界诗歌"、阿米塔瓦·库马的"世界银行文学"、利荣·梅多沃伊的"文学世界体系"、杰罗姆·大卫的"世界文学",当然,我们还可以加上大卫·达姆罗什,他在阅读了歌德与埃克曼于1827年关于"世界文学"的访谈后,率先提出了"世界文学"的概念,树立了一座学术丰碑。但同样不可忽略的还有帕斯卡尔·卡萨诺瓦的《文学的世界共和国》和2007年3月15日《书的世界》发起的"文学—世界"联合签名,创作《全世界条约》[3] 的那位充满洞见的作者爱德华·格里桑就在其中。在这些宏观视野的作品中,一部分从本质上说是纯文学批评,而另一部分则建立在更宽泛的多元学科基础之上,将文学所处的经济环境与文学分析相结合。因为文学离不开世界,而世界需要文学来书写。于此,结构主义关于"文本之外别无他物"的文学观念似乎已经过时。

这一系列"地理潜望镜式"的方法催生了星球化和地理批评,不可避免地引发我们反思这一方案的本质:我们在处理这一规模庞大的文学地图学时,该如何通过预先警告以规避之前所谈到的种族中心主义陷阱呢?究竟应将文本分析限制于文学文化领域,还是扩展到经济领域呢?我们不得不扪心自问去寻找答案。任何具有宏观指向的文化感知都会引发我们对所研究领域的关系产生怀疑。这一审视构成了伦理的根本,优先于任何一种关于文化定位的辩论形式。如果反思的程度涵盖宏

---

[1] Christian Moraru, *Reading for the Planet. Toward a Geomethodology*, Ann Arbor: University of Michigan Press, 2015.

[2] *Ibid.*, p. 20.

[3] Edouard Glissant, *Traité du Tout-Monde (Poétique IV)*, Paris: Gallimard, 1997.

观层面，刻意将之排除在外或即使是无心为之设置阻碍，那在纯粹的殖民传统方面，更相当于是在鼓励普遍主义，那是一种全球层面的借口和托词。

星球主义并非普遍主义的近义词：我们对星球产生兴趣，无须把它包装成整齐划一的模样。就多元文化而言，我们可以把唯一一件覆盖星球的外衣看成类似小丑所穿的百衲衣，简而言之，某种内在成分混杂之物——星球的异质性于是成为普遍主义共同的敌人；异质性与永恒的杂交化同义，即爱德华·格里桑所称的"克里奥尔化"。而从环保角度来看，百衲衣、杂糅化和克里奥尔化与循环利用和可持续性相伴而生，生态批评正是建立在此基础之上。对于地理批评而言，这种多样性经由一种多元聚焦规则、多元视角和去中心的交叉转化而成。

博尔赫斯在与奥斯瓦尔多·法拉利谈论艾伦·坡时，提到了他新近完成的一则短篇小说。[1] 即使博尔赫斯并没有每天公开指责所谓"西方人"的主观视角的影响，这里依然存在普遍主义以及其与种族中心主义紧密联系的风险。情况就是这样：有个人自告奋勇去描绘世界，他站在一堵白墙面前，假设这堵墙无边无际，于是他开始创作，描绘出诸如指南针、高塔等物品。他不问世事，持之以恒地作画："在他死的时候，这堵巨大的墙壁上涂满了他的绘画，当他的双眼环视这整部作品时——我不知道他是怎么做到的——他意识到所画的一切已变成自己脸庞的肖像。"[2] 对博尔赫斯而言，这则寓言适用于每个作家："的确，写作者认为他正在处理大量的主题，而事实上，够幸运的话，最后他所留下的仅仅是他自己的形象。"[3] 对于评论家、理论家或任何面向世界这堵巨墙尝试开

---

1 Osvaldo Ferrari, *Borges en diálogo: Conversaciones de Jorge Luis Borges con Osvaldo Ferrari*, Mexico: Ediciones Grijalbo, 1985.
2 *Ibid.*, p. 195 (from the Italian translation, Milano, A. Mondadori).
3 *Idem*.

具其文化清单的个体而言，会有任何不同吗？从主观的视角客观地描绘世界——无论观察者占据何种优势地位——都只是空想。

我们可以肯定，不论是学术的还是非学术的文学机构，人们都会认可这一前提的合法性，但是，许多文学理论家却继续装作什么也没发生。罗西·布拉伊多蒂在《后人类》(2013)一书中对超越文化聚焦等系列问题展开了包罗万象的思考。[1] 从最传统意义而言，她的作品是对激进人文主义的超越；换言之，她对比种族中心主义走得更远的人类中心说提出了挑战。在对抗种族中心主义时，显然会存在多种不同的态度。有些人可能会推动它为某一种文化的至尊地位做辩护。在论及文化之间本质主义的分裂时，塞缪尔·亨廷顿和他的追随者们没有设想他们所谓的"文明"之间的冲突吗？[2] 也有可能在一种否定环境中，无视区域性的批评家个体所画的个人肖像画。这种否定对人类学家而言颇具灾难性——正如它之于批评家或文学理论家而言同样是灾难性的。后殖民研究对此问题做了十分清晰的回应。

那么，面对博大精深的世界文化，什么才是我们可自行支配的解决之道呢？

哪个解决之道……单数的……或许一个也不存在，无论如何不会是单一的解决之道。至于态度嘛，不胜枚举。就我而言，如果非要我提一个的话，我会建议谨慎而行，并且拒绝虚假证据。事实上，我会警惕任何一种建立在绝对主义之上的原则和形式的方法，任何一种普遍主义的派生物。根据越界性原则，地理批评激励研究者在去地域化的过程中书写虚构的再现。它鼓励多点焦距化、视角的交叉以最低程度地纠正判读的误差。地理批评所提供的工具能够避免事物被从某种单一的视角一概而论。正如克里斯蒂安·莫拉鲁严谨的表述，星球化的维度在于在"网

---

[1] Rosi Braidotti, *The Posthuman*, London: Polity Press, 2013.
[2] Samuel Huntington, *The Clash of Civilizations*, New York: Simon & Schuster, 1996.

络圈"中引入"精神领域"[1]，地球在当下全球化过程中已经变成互融互通的整体（由网组成的网络圈）。这个精神领域暗示着视角的绝对去中心，依我浅见，这是诸如世界文学等对其并未给予足够细致的防备。有没有可能消解这种视角的中心，坚持去身份化呢？我在《子午线的牢笼》这本书中借用大量当代艺术常用的制图的比喻对此做了解释。[2]

然而问题依然未得到解决，其中最显而易见同时也最为隐秘的问题是：我们为何如此热衷星球化这个维度？超出西方文化之外的宏观世界视角怎么样？几乎很少有学者愿意去提出这个问题，至少人数远远不够。然而，这一考问至关重要。毫无疑问，对这一问题的初步回应将促使我们去更多地了解这个世界，与此同时，更多地了解这个种族中心主义的本能反应。如果诸如地理批评或星球化等宏观层面的工作能对当下方兴未艾的辩论有所裨益，我想包括我们在内的整个研究群体都会从中获益。

二

另一个问题呼之欲出，这个问题将对我们的反思产生巨大影响。在全球化的进程中，如果我们被迫思考文化的全球维度，即思考地球这个星球上纷繁复杂的文化，那么该如何反思我们当下所生存的这个时代？地理批评的合法性地位在后现代得到确立，我们现在还处在后现代吗？还是正处于其他某个时代，能使我们更加融合或者在星球维度上探索出一条新的路径？

我们一致同意，在二十世纪后半叶，个人与其所处时代之间的断裂

---

[1] Christian Moraru, *Reading for the Planet. Toward a Geomethodology*, Ann Arbor: University of Michigan Press, 2015.

[2] Bertrand Westphal, *La Cage des méridiens. La littérature et l'art contemporain face à la globalisation*, Paris: Minuit, 2016.

已经出现，这种断裂在某种程度上已成为后现代的标志，分离了当代和未来。这导致人们产生了以下的想法：身处的这个时代已不再和它自身同步，也不再向对其环境的相对感知开放。后现代自诞生之初就是一个难题。它让人着迷，部分原因在于它拒绝给出清晰明了的回答以及它的开放性。后现代似乎给予了游牧主义和推翻等级秩序甚至变异分层结构以特殊优待。

那么——未来呢？时间正和墙壁赛跑；一座大坝阻碍了河流的行进路线。当下扩展为无限；过去不再受到忽视，因为我们给它预留了一个重要的位子，纵然它深陷后现代的泥潭，似乎正在慢慢消失。如果时间浮在延伸向四面八方的现在的表面，它将必然呈现空间维度，这一点不言而喻。经常审视时间性与空间性的合体这一做法更为可取，但对于后现代而言，这两者紧密相连。从时间性或空间性中选择其一的情况不再存在；只存在空时性，它贯穿我的地理批评方法的始终。制图学同样区分了空间—时间的存在，空间的—时间的存在以及个人与权力之间的关系，它可被简单地解释成后现代的其中一个重要的隐喻。正如罗西·布拉伊多蒂在《后人类》中的精辟阐释："制图学是基于理论对当下的政治解读。地图学通过揭开构成我们主体地位的权力场所，做出认识论和道德的解释。它们从空间（地理政治或生态维度）和时间（历史和系谱的维度）两方面对场所进行解释。"[1]

后现代性见证了真正的空间转向。1989年爱德华·索亚在《后现代地理学》中明确宣布空间转向之前，米歇尔·福柯和亨利·列斐伏尔都曾对空间转向有所提及。1991年，弗雷德里克·詹明信在《后现代主义，或晚期资本主义的文化逻辑》一书中果断指出："某种空间转向似乎经常提供一种或多种更富成效的方式来区分后现代主义和现代主义本身。"[2]

---

[1] Rosi Braidotti, *The Posthuman*, London: Polity Press, p. 164.

[2] Fredric Jameson, *Postmodernism, Or, the Cultural Logic of Late Capitalism*, London: Verso, p. 154.

于是，空间转向对构建后现代的独特范式，一种非常重要的范式做出了贡献。詹明信的"某种空间转向"和丹尼斯·科斯格罗夫提出的"普遍认可的'空间转向'"[1]前后相差不到十年。让·艾什诺兹发表了"其他人写历史小说，我尝试写地理小说"[2]的论断，这个论断和英国地理学家的评价同时出现。

就我而言，后现代的空间——至少其表现——具有我之前所说的越界性以及指涉性特征。由此，空时性、越界性和指涉性建构了我在此提出论证的理论基础。

越界性使任何空间成为流动的整体，这决定了其异质性。研究后现代空间同时要感谢吉尔·德勒兹和伽塔利，他们提出了解域化概念。不管是在对抗《反俄狄浦斯》（1972）和《千高原》（1980）中所提到的欲望空间，还是地理学更宽泛意义上的领域概念时，我们现在都将之理解为一种"聚合"，为了再领域化而消解自身，换种方式重塑自身，在此过程中不设任何时间节点限制。

指涉性假设真实与虚构之间不再互相排斥。审查空间的所指不再是地理学的特权，也不再是社会科学和人文学科的唯一特权。在此框架下，所有艺术再现形式都必然倾向于重新定位那些所谓真实空间的再现以及作为认识论研究的跨学科维度。我们再次回到1996年爱德华·索亚在《第三空间》中所举的例子，该书的副标题是"去往洛杉矶和其他真实和想象地方的旅程"。[3] 任何一个地方都是真实和想象的合体——这也保证了至少永远存在一个半开放的空间。

在后现代的体制下，所有个体都以各种方式在空间内相互融合。除

---

[1] Denis Cosgrove, "Introduction", in *Mappings*, London: Reaktion Books, 1999, p. 7.

[2] Jean Echenoz, *Je m'en vais*, followed by *Dans l'atelier de l'écrivain*, Paris: Minuit, p. 231.

[3] Edward Soja, *Thirdspace: Journeys to Los Angeles and Other Real-and-Imagined Places*, Oxford: Basil Blackwell, 1996.

了多种多样的外观表现和常显浅薄的批评外，后现代展现了强大的凝聚力。"后"这个词缀所暗示的差异性以及与作为当代产物的这个时代有着错综复杂的关系，在空间方面，通过一种永恒的次要游戏，不再回溯到一个同质的、独一无二的或者霸权的模式中。它也是机械意义上的"游戏"——就像门上那把你得不停扭动钥匙才能打开的锁，因为个体因素不会自动结盟。如此，后现代的游戏颇有趣。它处在中间，从不出现在我们期望的地方；当我们以为它在那儿时，它却从不完全在那儿。后现代充斥着游戏性。对我而言，这正是后现代的魅力所在。然而，不管别人怎么想，不管怎样，"后现代"这个时期充满了幽默。这个迷人的插曲对每个人和整个世界都奏效吗？关于最后这一点，后现代与后殖民之间的关联经常饱受质疑。两者之间肯定存在不止一处关联。比如：首先，后殖民主义和后现代都迫使自己脱离殖民主义；其次，在十五世纪和十六世纪之交，现代性伴随着刚刚兴起的殖民主义应运而生（瓦尔特·米格诺罗、拉纳吉特·古哈）。后现代和后殖民主义文学致力于将自己从欧洲现代性中分离出来，但相同的条件下并不见得能够实现。

三

回到我发言的第一部分。[1]

现如今存在一种进行双重反思的趋势。一方面，我们可以认为后现代的插曲已经落幕——以及后现代中的巫魅或复魅也随之终结；另一方面，我们可以把星球空间的完整性纳入思考范围，因生机勃勃的全球化进程而使星球空间陷入瘫痪，其完整性正受到威胁。

我们同时也要意识到紧迫性。文学理论和文学批评并未被此进程

---

1 该部分取自我近期发表的一篇文章："Entre postmodernisme et posthumanisme: l'espace", in *Critique Littéraire et espaces postmoderne*, Pierluigi Pellini (ed.), Bern: Peter Lang, 2018。

排除在外。我说过，世界文学对此十分关注。然而，根据大卫·达姆罗什等人的定义，我认为世界文学在构建一种新的经典时，过于偏向一种修正性的视角，从而使多少有点严苛的选择变得合法化。不过我想提醒一点，我认为"星球研究"更具启发性，这一点葛雅特里·斯皮瓦克在《学科之死》和保罗·吉尔罗伊、宋惠慈都有所阐述。"星球研究"正开始步入正轨，我们要感谢克里斯蒂安·莫拉鲁、艾米·埃利亚斯及其他人付出的不懈努力。他们努力推动自己的视角去中心化，并且在星球观中注入一种崭新的伦理形式，星球化被用来作为全球化的替代模式。

我们也注意到"星球研究"抛弃了"后"字，因为它迫使自己同时着眼于未来，与后人文主义不同，这一点罗西·布拉伊多蒂已发表过高论。后人文主义是一个十分宽泛的研究领域，可从多方面加以扩展（也存在超人文主义）。布拉伊多蒂让人想起了一种新人文主义来与之对峙，新人文主义希望"充分利用文化纠葛所提供的机会"和"游牧民族的主体性""弹性公民"[1]这两个特点。

自二十世纪末和新千年初，在当代思想巨擘的推动下，一种完全有别于人文主义的新观念应运而生。持这种观念的人们完全接受萨义德和吉尔罗伊的观点，对他们而言，他们驳斥"世界不是变成了一个没有边界的星球，它反而变成了一个狭小、脆弱和有严格分界的地方，变成了一个资源极其稀缺有限且又分配不公的星球"的这些证据，认为应该结合对种族主义和仇外情绪的深刻反思，考虑考虑"星球人文主义和全球多元文化"。[2]

于是，罗西·布拉伊多蒂补充道："星球人文主义明确了个体与空间以及时间与共同体之间社会性和象征性的重组关系。"[3] 我认为，紧随后

---

[1] Rosi Braidotti, *La Philosophie...là où on ne l'attend pas*, Paris: Larousse, 2009, p. 151.

[2] Paul Gilroy, *Postcolonial Melancholia*, New York: Columbia University Press, 2004, p. 75.

[3] Rosi Braidotti, *La Philosophie...là où on ne l'attend pas*, Paris: Larousse, 2009, p. 151.

现代性或后现代主义而来的，是时空关系以及共同体之间的关系，后殖民主义对此比对后现代性给予了更多关注。于是，后人文主义主要由下述关键要素所决定：暗含生态批评方法的持久性（此前我已提及）、完整的去中心化。布拉伊多蒂甚至将人类物种的去中心化深入到人类中心主义的终结；我认为有必要牢记后现代主义的教训，对那些标志着现代性终结的条件保持完整的记忆，以清醒的头脑审视未来；我们也需要具体留意各式多样的再域以及由此造成的危险，因为再域的本质是拒绝向解域开放。最后，有必要大胆地使用某个新词代替"后"字：或许是不带任何词缀的某些名词；如果真的非要用上词缀的话，或许我们需要一些新的词缀，比如像"跨"或"间"之类的词。

　　这些改变将会影响对空间的分析，不再符合后现代的方式，但会拒绝承认后现代性的遗产及其审美。这将会促使我们以更为平和的方式去面对星球化的程度。当然，我们永远不会成功消除与某种文化环境相关的本能反应，但是我们可以少一些率直，多一分警惕。在这个世界上，偏执不会让步，让自己越来越清醒，这已经非常了不起了。

（张　艳　译）

访谈一

罗南·吕多-弗拉斯克访谈

吕多-弗拉斯克：您在学术之旅中如何开启了空间和地理问题的相关研究？

韦斯特法尔：当我们提到"旅程"一词时，通常都涵盖了某种空间上的意义。曾有一度人们偏爱将文学和精神分析联系起来，那时马尔特·罗贝尔曾援引"起源小说"来解释"小说的起源"。关于旅程，我们亦可谈及"个人地图绘制"，它能够用清晰的线条阐明我们所跨越过的生活的时间轨迹。无论是借助于"小说""地图"还是"地图集"，我们都可以罗列出一些词，都可以讲述故事。那里不存在任何决定论，而是一个通过在无法估量的表面上摸索并展开的故事。我们的生活、世界、间隙……每个人都尽力收集形形色色的元素来组成一条路径，确保自己走在某条特定的路上而非旁路，然而最终现实情况仍是最强主宰，有时选择是有限的。路与路也各不相同。

我虽在大学任教，但在选择路径这件事上却也逃不出这一规律，尽管相比之下我的经历已经算是顺利。我出生在德法边境，阿尔萨斯和巴登—符腾堡州的分割（或连接）处，成长在柔和交融的氛围中，当地有好几种语言和方言混杂在一起。出生在边界附近的人往往很快就能意识到地理封闭的相对性和交融的丰富性。在这里,边界物化为一座可以步行穿过的桥,而非不可逾越的水障。我们还应注意到地理充满着一系列引力,如若有片刻闲暇,自当尝试从这些引力中逃脱出来。我之所以能够从出生地的特定引力中逃脱,完全得益于斯特拉斯堡一所高中开设的瑞典语课程,由此我开辟了新的视野——瑞典。那时我16岁,对体育运动心驰神往,比约·博格(Björn Borg)是我的偶像。如果这位网球运动员是匈牙利人或马达加斯加人,那么我可能会学习这两种语言中的一种,因为它们也包含在高中的课程里。我想说的是,一切都是偶然……正如比约·博格的职业生涯走向下坡路一般,我对瑞典这个国家也渐渐丧失了兴趣,比约·博格很快被马茨·维兰德(Mats Wilander)取代,我也转而对意大利产生了兴趣。从那儿开始,我的兴趣逐渐蔓延至整个地中海地区。于是我很早就发现自己在一分为二的欧洲里摇摆,辗转于东西差异、南北差异之间。因此,我走上了比较文学研究的道路,对场所的表征等相关问题产生了强烈的好奇心。

吕多-弗拉斯克:我的第一个问题是想知道一个文学研究学者该如何获取来自其他学术领域的、与空间性相关的工具?

韦斯特法尔:获得我们所需要的工具有许多种方法。在海滩上制作沙堡的时候,人们就会意识到铲子的存在;用语言来谈及沙堡的时候,就会意识到所谓"散文"的存在;思考散文的时候,就会发现相关理论的存在。工具总是有的,着手做一件事时,所需的工具就会变得清晰起来。我们可以从《贵人迷》[1]中的茹尔丹先生(Monsieur Jourdain)开始谈起。按照莫里哀时代流行的说法,这位资产阶级先生是个自负的人,但

---

[1] 《贵人迷》为莫里哀的喜剧作品,除偶有几处以诗歌体创作之外,其余部分均为散文体。——译者注

是他的讶异却触及了某些人性深处的东西。我们在最初写出散文的时候不知道自己写的是什么，直到有哲人向我们解释之后，我们才知自己原来正在书写散文。就我而言，我进入空间研究领域就像茹尔丹先生写散文一样：毫不知情。1992年6月，斯特拉斯堡举行的法国文学和比较文学会议上，我第一次在公开场合发言。出于会议的主题以及我曾在意大利生活的经历，那次会上，我将注意力转移到了与斯特拉斯堡截然不同的城市——的里雅斯特，这是卓越的边境城市以及杰出的文学城市。斯特拉斯堡这座拥有数百年历史的阿尔萨斯首府在文学领域的影响为何远不及缺乏历史沉淀的的里雅斯特？这个问题从不让我感到惊讶。要想在文学的海洋中看到斯特拉斯堡的名字，必须追溯至人文主义时期，至塞巴斯蒂安·布兰特、约翰·费沙特（Johann Fischart）或在那里度过浪漫时光的歌德……在电影领域，关于斯特拉斯堡同样没有特别值得一提的作品。

在的里雅斯特之后，我开始了其他有关城市再现与表征的研究，其中有里斯本、巴塞罗那，以及仿佛刻意加入的斯特拉斯堡。这个主题令我着迷，那个时候我有充裕的时间去广泛阅读。通过文本中再现的场所去发现、搜集作品是一件格外有趣的事——当时谷歌搜索引擎尚不够发达，人们还不能做到动动手指就找到与某座城市相关的文学作品，因此未尝剥夺我人工搜集信息的乐趣，有时意外碰了运气也是十分值得雀跃的……久而久之，我意识到我的研究方向是地中海地区。除了研究巴塞罗那，我还增加了对突尼斯、丹吉尔、亚历山大、海法、贝鲁特、伊斯坦布尔和阿尔巴尼亚的研究，还对塞浦路斯岛、撒丁岛、克里特岛或达尔马提亚群岛以及加那利群岛进行研究，即便后者并不属于地中海地区。从那时起，我开始思考关于研究方法的问题。在法国，要获得指导研究生的资格，须对前期已有成果进行方法论概括，这项准备工作对我后来的研究具有决定性意义，因为正是在撰写这个文件时，我对自己的研究方法进行了一番深入的思考和总结。比较文学中的形象学为我提供了极具价值的研究方法，但这还不够——形象学重视外来者的视角，强调"他者"不可磨灭的他性。但在我的各种研究中，有三种视角相互交错：本地人视角、外来者视角，以及第三空间视角，后者在三种之中也许最为丰富。这种多聚焦的视角可以更好地让人们意识到刻板印象的存在以及种族中心主义的表现形式。此外，我对文本之外的现实很感兴趣，这是其他有关空间的结构主义文学研究方法所不具备的，尤其是在法国。最后，在我看来，空间的表征是完全流动的。阅读德勒兹和伽塔利的作品于我来说可谓一个转折点，他们的解域/再域概念强调了领地不可能具有稳定性。作为哲学大师的德勒兹推动的是一次跨学科思考，随后另一些跨学科研究相继出现，尤其是在地理方面。

吕多-弗拉斯克：您是如何建立起自己的学术领域的？哪些作家对您产生了影响？他们是哲学家、地理学家抑或其他人？法语地区作家或是英语地区作家？

韦斯特法尔：德勒兹。在他之前，还有一些意大利学者。当然有翁贝托·艾柯，还有克劳迪奥·马格利斯和马西莫·卡奇亚里。卡奇亚里同在他之前的德勒兹一样，将地理与哲学联系起来，把"地理哲学"应用到欧洲。所以就有了1994年出版的《欧洲地理哲学》和1997年的《群岛》，尽管标题让人联想到爱德华·格里桑所说的群岛，但是我认为这和格里桑的诗学没有直接联系。与《群岛》不同，《欧洲地理哲学》一书1996年的法译版题目译作《欧洲的衰落》，我认为从译名中可以看出此处更倾向于斯宾格勒而非德勒兹，这是出版界所追求的矛盾之处。在法国，有关德勒兹的参考文献确实常常会被刻意回避。

卡奇亚里对自古希腊起的欧洲身份的哲学建构、幻想式演变关系的局限性以及任何身份建构的对抗性做出了一番振奋人心的思考。但是，我认为克劳迪奥·马格利斯仍是不可忽视的大人物，他于1986年在意大利艾德菲（后来卡奇亚里也在此出书）出版的代表作《多瑙河》引起了非同寻常的反响。因此，我们可以在谈论多瑙河相关的文化、文学和地理的同时吸引成千上万的读者！我不清楚茹尔丹先生的散文究竟是怎样的，宽大为怀的莫里哀对此未做展示；但是克劳迪奥·马格利斯的散文着实非常出色。人们必须通过多瑙河流域以及二十世纪八十年代结构主义散文中的荒凉景观来想象这场文化之旅。诚然，翁贝托·艾柯在意大利已经铺平了道路。我们都记得他在1980年出版的一部小说，证明他知道如何写散文，而且相当不错！

有时我所要读的书取决于我所在的地方，而我总四处走动！地理批评的前提主要是基于意大利和法语地区的文献形成的。当然也包括一些英语地区的作品以及几位重要作家的作品：巴赫金、佩雷克还有空间小说家鲁博（Roubaud）等众多作家。我所经历的第二次大量阅读积累可以追溯至2005年春天。在西得克萨斯州的拉伯克休假期间，我读到许多作品，一部分是后殖民研究，另一部分与美国和加拿大的文化地理相关。他们的作品在法国鲜为人知，尤其是在2005年的时候，但是这却给我提供了相当大的文献支持。这些作品也为地理批评奠定了一小部分基础。我相信2007年的专著《地理批评——真实、虚构、空间》（午夜出版社）足以证明这一点。

所以，正是通过对现实地理和各种学科的涉猎，我才能收集到构成地理批评的要素。简单地说，就是信息收集和输入的问题。只要地理批评存在，它就会与少数学派有共通之处，我们需要关注处于边缘、偏离中心的事物。我认为一项重视偶然性、不稳定性以及探索性的研究应当在我们这个流动的时代中占有一席之地。就个人而言，我对于强迫他人接受的真相、引起轰动的陈述以及假定的确定性观点总是持警惕态度，这些论述令我担忧。美国的伟大作家库尔特·冯内古特写过他奉"惊奇"为圣母，并且这是他唯一的信仰。我非常赞赏这种保持惊讶的想法，它以谦卑和朴实为前提，二者紧紧相连。

吕多-弗拉斯克：我还想谈一谈关于空间隐喻的问题。地理批评研究学者是如何利用空间的？这种实践在多大程度上需要用到隐喻？

韦斯特法尔：这是非常好的问题，且具有两个层次：在当前语境下，我们从隐喻中能够汲取什么信息？我们所感兴趣的文学空间的本质是什么？后一个问题的答案可能有多个。就我而言，我尽量避免将人们切入空间的方法分门别类。文学和我所谓的"模拟艺术"都涉及以再现为媒介的空间，地理也不例外。空间总是通过各种形式的再现手法过滤之后而存在，无论在文学领域还是地理学或拓扑学领域皆是如此。在文学（或电影等）领域中，空间的表征最常成为研究的对象。在地理学中，人们更注重参照对象本身的价值。但是，无论是讨论参照对象还是其表征，问题的核心仍然是空间，无论程度如何。因此可以承认，隐喻是空间再现的方式之一，它能够明确表现其虚构性。隐喻是文学的本质，是一种以"仿佛"进行表达的艺术，它比真实可见的参照对象本身走得更远。

有一个非常经典的问题：现实与虚构之间的假定边界。根据既有的观点来看，地理学更偏爱文学中的虚构开始的地方，即现实空间，这一点非常明确。也许过于明确？2007年出版的那部专著是对我九十年代开始的研究的梳理与继承，在此书中，地理批评处于一种弱思想语境中，与意大利思想家吉亚尼·瓦蒂莫的观点有所契合，在瓦蒂莫看来，这种弱思想与尼采式的强思想保持着距离。我认为在这种以后现代主义为特征的背景下，文学可以为世界上话语的建构做出贡献。当欧几里得与非欧几里得碰撞时，直线就被解构了，正是在这种情况下，艺术超越其参照对象，在二者的关系中占据强势地位。它们能够以更加复杂的视角看待现实环境，而非单一的线性视角。因此，我们将更倾向于认真对待、考虑文学的社会维度。在此范畴没有什么全新的事物。实证主义使文学沦为从属角色，并使其与参照对象之间相距甚远，结构主义以一种几乎阵发性的逻辑更加深了这种距离。时至今日，尽管后现代主义可能已让位于有待定义的后人类主义，但鉴于社会话语的普遍性，艺术仍然有许多可以向世界表达的话语。当所有的社会都进入完全流动的时代，不要忘记这类话语将永远存在于空间之中。

吕多-弗拉斯克：如何看待空间与地图之间的区别？在地理批评研究中，制图学工具的使用具有怎样的地位？

韦斯特法尔：客观来说，我并没有经常使用科学意义上的制图学工具，如有涉及，也主要是为了提及那些揭露狭隘文化中心主义的局限性的地图绘制者，例如约翰·布莱恩·哈雷（John Brian Harley）、阿诺·彼得斯（Arno Peters）或者曾谈论过"翁法洛斯石情结"的塞缪尔·埃杰顿（Samuel Y. Edgerton）。制图学在世界上建立了一种与文学保持某种联系的话语。无论如何，制图学提供了一种视觉和文本叙事。此外，地图早已与文学并驾齐驱。先不提温柔乡地图（绘制于十七世纪的幻想地图，隐喻爱情的各个阶段），我想直接提一下罗伯特·路易斯·史蒂文森（Robert Louis Stevenson）、刘易斯·卡罗尔（Lewis Carroll）和豪尔赫·路易斯·博尔赫斯，还有约翰·罗纳德·鲁埃尔·托尔金（J. R. R. Tolkien）的制图。所有这些人的地图都很出名，尤其是博尔赫斯想象的制图学院，在对制图的执念之下绘制出一幅真实比例1：1的地图……地图可以完美地表现从空间到场域的过渡，阐明开放空间借助抽象符号再次进入封闭状态的过程，且这个过程有着非常具体的后果。地名意味着占有。地图中的线条起着排他作用，阻挡一切外部事物。

定位工具将自由的空间转化为熟悉的受到控制的场域，换句话说就是领地，德勒兹和伽塔利非常了不起地考虑到了这一点。总而言之，对地图的研究是对占有和中心重建过程的诠释，在这一过程中弥漫着某种特定文化。亚历山大·蒲柏（Alexander Pope）曾说过，仿佛两块表显示的时间不同，而每个人都坚持相信自己的那块是对的。对于地图也完全一样，将两张世界地图放在一起比较，会让我们明白视角的相对性以及表现出霸权倾向的视角的自我性。

归根结底，目前看来，视觉艺术的世界于我而言是最激动人心的。地图已成为当代前沿艺术家的主要主题。成百上千的艺术作品都以变化万千的地图为主题，保罗·利科也许会说这些隐喻很是生动，总之其视觉冲击感极强。世界因无穷无尽的典型而衰落，因此典型已不再典型：空间再现的工作—时间奔涌而至。在《子午线的牢笼》一书中，我几乎放弃了对文学现象的分析。在书的最后一章中，艺术地图当属重点。地图引出叙事，并且发挥最纯粹的刺激作用。格雷西拉·斯佩兰扎（Graciela Speranza）的《拉丁美洲地图集》（2012）中融入了文学分析和图标学分析，并引用了英国艺术家布丽吉特·威廉姆斯的一些艺术地图，这些都是我真实的灵感源泉。

吕多-弗拉斯克：除了文学研究外，您如何看待当前正在其他领域开展的有关空间的研究？

韦斯特法尔："空间转向"产生于二十世纪九十年代，掀起了文学、地理学和其他认识论领域关于空间问题的研究热潮。空间已经上升至和时间同等的位置，是值得被研究的主题，这种情况以前从未发生过，尤其是在欧洲。"空间转向"并非只与文学相关，它拥有不可否认的跨学科维度。后现代城市专家、文化地理学家爱德华·索亚和对哲学、后现代主义持开放态度的文学理论家弗雷德里克·詹明信也都曾就空间转向发表言论。的确，从后现代的角度看，自从时间线分岔后拥有了平面属性，以及"当下"得到了更多的重视开始，空间也显示出其重要性。无论如何，关于平面的隐喻具有空间意义。

在这一背景下，地理学向文化甚至文学方向转变，该变化首先发生在英语地区国家，后来是在法国和法语地区。我尤其想到了渥太华大学地理系的马克·布罗索（Marc Brosseau）曾撰写的作品《地理小说》（1996）。同时期的文学领域中还有形象学，而相比起对空间本身的兴趣，形象学对旅行者看待他者空间、异国情调的凝视更有兴趣。让-马克·穆拉极大改变了这一方法。还有最早由诗人肯尼斯·怀特（Kenneth White）于二十世纪七十年代提出的地理诗学（géopoétique），它处于文学与关注生物圈的世界哲学的十字路口。地理诗学确定了与其他空间研究方法共同的几大要素，却并不总能严格地加以利用。在哲学方面，有由德勒兹和伽塔利提出的地理哲学，并且在卡奇亚里和其他意大利学者的推动下取得了进一步发展。

总之，前缀"géo"已经拥有很多变体：历史地理学（布罗代尔；géohistoire）、象征地理学（巴柔；géosymbolique），当然还有地理批评（géocritique）。"géo"不仅仅意味着空间，也可以是地母盖亚、大地、行星的意思。这些丰富的理论成果表明了需要将文化及文学现象分析向宏观的全球层面转变。这是当前所有与成果颇丰的后殖民研究和地理批评交汇的世界文学和行星研究方面所表达出的诉求。空间相关的研究理论很多，远不止我所提到的这些。在所有与空间相关的研究方法中，我特别注意到首先在加拿大和美国发展起来并随后引入法国的生态批评（écocritique）。促进生态批评研究的环境问题现如今自然而然地推动了对空间的研究。前缀"éco"也拥有许多变体。我们会想到伽塔利想象的象征生态学（écosymbolique）或生态哲学（écosophie），这些理论多到我们可以编纂一部词典！

吕多-弗拉斯克：在国内外（指法国）的文学研究以及超越文学范畴的各种研究中，对地理批评的接受程度如何？您怎样看待这一情况？就地理批评已获得的成就，您有什么想说的吗？在您看来，这一成功是否是因为地理批评通常基于英语区理论框架？

韦斯特法尔：在1999年于利摩日举行的会议中，地理批评小心翼翼地出现在大众面前，会议论文集在2000年由利摩日大学出版社出版。地理批评已经逐渐确立了自己的地位。我认为《地理批评》一书的英文版有利于该研究方法的传播，正如2009年的意大利语版本。最初，意大利的大学对地理批评的接受度最高。2017年9月获得巴黎-列日奖的《子午线的牢笼》一书的出版加快了这一接受过程，尤其是往世界文学方向发展。尽管存在着一定的内在矛盾性，但世界文学还是在以英语为基础的比较研究领域顺风发展。目前，地理批评已传播至世界上许多地方。中国也有学者在翻译地理批评相关书籍，拉丁美洲的大学以及非洲的大学，特别是法语地区大学亦对地理批评产生兴趣。在美国，《美国图书评论》在2016年有一期有关地理批评的特刊。总而言之，地理批评取得了一些进展。在法国，该研究方法也取得了一定的成功，这让我觉得既出乎意料，又十分欣慰。

地理批评带给我的喜悦是多种多样的，我不会过度地去传播地理批评。而且，地理批评并没有与我个人的名字牢牢绑在一起，在我看来这是一件好事——因为这说明地理批评在国际层面和跨学科层面日益走向普及，它不再是"属于某个人的地理批评"，它就是地理批评，这样会更好。在诸多喜悦之中,我还发现该理论引起了年轻一代研究者的兴趣,尤其是在法国,并且在文学及文学以外的领域都是如此。另外,我很高兴地理批评能够在南半球国家得到应用,就是那些通常西方人不知道具体指哪里,但习惯称之为"西方"以外的地方。在我撰写的时候,我通常会一直保持这种视角,并伴随着丰富的虚构性及学术性产出。坦白说,我认为地理批评的相关作品被译为中文版比起英文版来说更为重要,因为那种思想的碰撞令人振奋,远远胜过陈述一些显而易见的无用之事。我也很想了解一些问题,例如为什么中国的大学对地理批评如此感兴趣,这引发了我的好奇。也许之后我会做一项关于地理批评接受度的研究。

如果说地理批评取得了一定的成功,我认为其原因不言而喻,而我只是非常偶然地为之做出了贡献。首先,地理批评概括了国际层面以及多个领域中有关空间的研究方法。因此,2007年的专著中所涉及的意大利语和英语的参考文献以及对文化地理和城市规划的引用均受到赞赏。最巧的是,在法国,2007年对于非主流话语来说是极为重要的一年。当午夜出版社出版《地理批评》一书时,其他出版社也在出版霍米·巴巴、葛雅特里·斯皮瓦克和朱迪斯·巴特勒的作品的翻译版。总之,我的书出版时间恰到好处。几年前的这个时间也是您提到的空间转向的好时机。巧合成就了许多事,因为说起来当我在二十世纪九十年代末组合地理批评的拼图时,我甚至没有意识到空间转向正发生于大西洋彼岸,当时虽然出现了一些迹象,但是并非那种使得让·艾什诺兹写出地理小说的空间浪潮。

(朱丽君 译)

访谈二

让-马克·穆拉访谈

穆拉：您在2016年的专著《子午线的牢笼》中写道："文学与艺术应该去追踪、去发现那些可能激活新世界地图的联系。"如何理解文学的这项全新使命？

韦斯特法尔：我们所共居的星球上仍有为数众多的人将世界看作一个同质化的均匀表面，而这种浅表的认识大多是建立在种族中心思想之上的，它导致世界的表征实际上是不同地方人们主观性的普遍投射，且这些主观判断总在尝试证明各自的正确性。如此语境下，所谓的"全球化"包含着相互矛盾的两方面：既有影响全球范围的广泛性，又有自说自话、短视的狭隘性。这对矛盾并非新生事物，它曾是整个殖民历史的基础。然而矛盾之处还不止这些，今时今日，世界的表征越简单粗浅，整个星球深处的撕扯就越剧烈，也许这种力量已是前所未有之大。一个具有统一标准的、整齐划一的世界，对于一些人来说是美好的"地球村"，对另一些人来说则是荆棘密布的"地球墓园"——他们原本遵循的方式被强行扭曲、改变，在新的规则下一不小心就四处碰壁。

"地球墓园"的阴暗画风难免令人哑然，但作为学者，我们有责任寻求更好的方式来展现这个世界。在人文社科层面，态势会随着不同的处理方法而改变。对于同一个世界,地理学家、社会学家、人类学家、法学家等都各自拥有一套看待它的方法。那么文学家眼中的世界究竟是怎样?这是地理批评从一开始就试图回答的问题。如今,我们已经很难再像过去几十年里那样,把文学研究严格地限制在文本和语言的范畴,因为文学已成为这个世界真切的一部分,检验着各种假设,反映着一切变化。那种象牙塔式的文学已是摇摇欲坠、倾颓在即。爱德华·萨义德在他生命的最后几年试图通过后殖民分析重新审视西方经典的人文主义,这也许标志着该形式人文主义的信誉走到了终点站。萨义德将他最后的随笔命名为《人文主义与民主批评》(2004),而法文版却译作《人文主义与民主》,隐去了"批评"一词。作者在文中写道:"我们不是涂鸦者,也不是谦卑的仿写者,我们是用行为编织起人类集体历史的精神。"萨义德这番话也许听上去过于宏大,但我认为这正是我们所承担的角色。

具体怎么做呢?也许应该适当地把注意力从我们自己身上移开,而更多地去关注身边那些将我们紧密相连的能量来源。为此我想到一句话,文学是"可能的实验室"。保罗·利科用如此简洁完美的语言表达出了许多人都隐约察觉的体会。各种艺术形式都是表征,文学与视觉艺术尤甚;而表征的潜力是无穷尽的,唯一可能的限制就是我们的想象力——心中的风景。

当然,在此前提下,我们还需要找到能够付诸实践的战略,以实现爱德华·萨义德所提出的目标。我想,若要理解世界的多样性,发掘其各种可能性,何不通过制图学将文学与当代艺术融汇在一起?毕竟制图学正是一门将世界形象化的艺术。对我来说,这是打开了一扇全新的门:当代艺术是充满了隐喻的资料库,它与用来测试可能性的虚构文学殊途同归。近年来,艺术家们创作出形形色色的世界地图和区域地图,其纷繁多样的巧思令人称叹,且究其数量应不下于巴洛克时期的静物绘画。而当代艺术更是走出画面进入了现实,弗朗西斯·阿吕斯、蒙娜·哈图姆（Mona Hatoum）等艺术家的表演和装置就是对世界的直观表现，同时也是艺术行为物质化的体现。由此不难想象，文学与世界的关系也是可以更新的。

穆拉：您在文学研究的基础上加入了地理或空间的转折，阐述的核心问题是关于文学在空间中的地位，以及地点在文本里的表征。您所提出的"地理批评"主要致力于重新定义空间在文学中所起的作用。您能否简单介绍一下地理批评，尤其是它与肯尼斯·怀特提出的"地理诗学"以及米歇尔·柯罗（Michel Collot）提出的"文学地理学"之间的关系？您的著作《子午线的牢笼》将文学与当代艺术放在全球化时代背景中同框阐释，是否标志着地理批评发展的新方向？

韦斯特法尔：地理批评最初并没有一个导引性的框架，它是我在过去多年的研究中积累总结而逐渐形成的。二十世纪九十年代我的研究主要集中在地中海沿岸一些地方的文学表征。这些研究在当时没有完备的理论体系，基本上是自发进行的，我尽量从不同的角度、不同的方面来收集整理关于这些地方的一系列信息，关注地方差异、过去与现在的变迁，甚至集合了各种跨学科（文学、地理、城市学等）以及跨媒介（文学、电影等）的作品。孤立地来看，每部作品都或多或少地表现出了某个地方的特点，无论所涉及的是一座城市或是一座岛屿。以摩洛哥的丹吉尔为例，五十年代它是旅行者的神话之地；二十一世纪初，在安德烈·特希内（André Téchiné）、纳迪尔·莫克内奇（Nadir Mokneche）、丹尼尔·蒙松（Daniel Monzón）等人的电影中，丹吉尔成了走私横行的危险之地；还有保罗·鲍尔斯（Paul Bowles）这样扎根当地的旅人续写着二十世纪五十年代的神话；另有穆罕默德·乔克里（Mohamed Choukri）以毫无东方色彩的现实手法描绘出一个社会空间的丹吉尔。综合以上种种表征，我们提出如下问题：如果把表现同一个地方的各种虚构视角叠放在一起，会产生怎样的效果？结果显然是复杂多样的，而正是在回答这个问题的过程中，地理批评应运而生，成为梳理这些复杂关系的工具。简言之，就是把关注点从作者身上转移到地理空间上——穆罕默德·乔克里等作者固然重要，但此刻我们的研究主体是丹吉尔，这个地方处在多种视角的交汇处，拥有着多重聚焦。相比起对作家、导演等人的研究，地理批评主张的是针对某个地方的研究，例如比较这个地方在诸多作品中的不同表征，让刻板印象自行显现；再如提炼出人们对同一个地方产生的迥异想象，分析这些差别之间的相互影响与冲突。若从一种后现代的逻辑出发（前提是后现代依然成立），我还需提出一个质疑：在结构主义盛行时期，现实和虚构之间的那条看似不可逾越的鸿沟是否有实际意义？简要概括下来，这些是地理批评的主要考量。

后来一段时间我去了美国拉伯克。在得州理工大学图书馆度过的一整个学期使我意识到自己之前的研究可以看作"空间转向"的延伸。1989年爱德华·索亚提出了"空间转向"，两年后弗雷德里克·詹明信证实了他的说法。从前在西方哲学中鲜被重视的空间如今值得人们投入更多的关注，且不仅仅局限于区域、领土等范畴。关于空间的新势头在二十世纪七十年代得到了重要发展，在德勒兹、列斐伏尔等人的推动下，解域、重新解读、复数身份与移动身份的出现等话语填充着空间研究。在得克萨斯州的那段经历也促使我阅读了大量的资料，并开展了一些后殖民方面的研究，《地理批评——真实、虚构、空间》的一大部分也是在那里完成的，这些是十多年前的事了。在此之后，我不断扩充资料库，尽可能地广泛涉猎，尤其是当我意识到一些非西方理论对我转换角度思考问题颇有助益，因此我花了许多时间去拓展西方世界以外的思想。吸收多元化的观点很重要，因为我们或多或少是视差错误的受害者，所以尽管不易，我们仍要尽可能地降低这种视差。许多优秀的研究诞生于印度、孟加拉和巴基斯坦,却没有得到足够的认同;还有拉美的去殖民化研究也十分前沿,利摩日大学的菲利普·柯兰(Philippe Colin)就此做出详细的综述,才让我有幸接触到这些观点。未来的大方向是开拓宏观视角,走向星球化[1]。"星球化"并不是一个空洞随意的词,而是一个全新转向的核心词——星球转向。这个概念在葛雅特里·斯皮瓦克的启发下,由宋惠慈、克里斯蒂安·莫拉鲁和艾米·埃利亚斯(Amy Elias)提出和推广。值得一提的是,《星球转向》一书中存在一系列对地图的思考,借助地图来阐释宏观视角,正如我之前所说的那样。您刚才提问说这是否是地理批评发展的新方向,我认为这即使不是绝对的转折,也至少是地理批评在应用层面的拓展。宏观视角与地图解读的结合是《子午线的牢笼》的灵感来源,也将在随后的一段时间内继续融入我的研究。

至于地理批评与文学地理学之间是否存在联系,我认为,联系自然是有的。米歇尔·柯罗曾以他的角度就文学地理学与地理批评的关系发表过一些启发性的评论;魁北克大学的蕾切尔·布维则从地理诗学角度与地理批评进行比较。而我个人则更加看重地理批评与生态批评的关系——我一向为生态批评保留一个特殊的位置,因其理论对环境有着巨大的贡献,无论从空间、社会还是生态层面来看皆是如此。我不久前在阿比让开展了一场关于世界文学以及法语国家地区地位的讲座,在随后的辩论环节中,地理批评与生态批评的关系几乎是备受听众关注的核心问题。

穆拉:怎样从地理批评的角度来看待"别处"这个概念?如果这个"别处"不是那种乌托邦或科幻的想象地,而是一个地理与历史层面都真实存在的空间,那么它对地理批评领域来说是否有什么特别的意义?

---

[1] 法语为 planétaire,直译为行星的。此处译为"星球化"是与 globalization 所指的"全球化"区分,以示有别。——译者注

韦斯特法尔："此处"与"别处"这一对概念是根据"中心"来定义的，而中心本身既具有移动性，又具有很强的主观性。德国诗人和东方主义者弗雷德里希·吕克特（Friedrich Rückert）曾开玩笑地说：世界的中心是德国，德国的中心是弗兰肯，弗兰肯的中心是施韦因富特，施韦因富特的中心是他的家，而他家的中心则是他爱人的心房。听起来颇为浪漫，然而这并不是什么俄罗斯套娃——吕克特只是用他独特的方式指出，一切视角都是自我的。他游历世界，精通多国语言，甚至可以用阿尔巴尼亚语或阿富汗语写诗，但对于他来说，世界的中心无疑是自己的家园，何必到远方去找寻？坐落于瑞士沃州的蓬帕普尔是一个仅有 900 位居民的小镇，然而在他们眼中，这就是世界的中心。假如吕克特去过蓬帕普尔，就会看到小镇中央真的有一座名叫"世界中心"的旅馆，正对着的路名叫"世界中心大道"，我在瑞士著名导演阿兰·泰纳（Alain Tanner）1974 年的电影《世界中心》里看到过这个地方。

"别处"与"此处"是二元结构的两极。定义"此处"绝非易事，因其复杂性正在逐日逐年地递增。我们的世界从地理层面来看虽然具有较强的稳定性，但它在历史推进中的表征则是不断演变的。而历史本身越来越快地走向异质化、流动化和解域化，它所汲取的现状越发具有流散的特征，各种身份都融入了更多的复杂性。如此条件下，对"此处"的定义显现出一定的跨民族趋势。试想，如果人们仅以单一身份自居，那么与此同时会自然地形成一个"自己人"的概念，若这个"自己人"与一切他者相对立，那么其中的裂痕与隔阂将是无法估量的。

"此处"的概念随着人们身份的复数化而变得不再绝对，与此呼应，"别处"的界线也逐渐模糊，旧时世界分极的消解就是很好的证明。从地理批评角度来看，这是一个多聚焦的问题，把针对一个地方的不同视角结合起来能够降低视差；反之，单一聚焦会强化视差与分歧。萨义德在《东方主义》里就曾讨论过"东方"概念的虚空，因为所谓东方从来只是"西方创造出的东方",萨义德把这句话作为此书的副标题。东方是在一系列叙述中构建出来的,从完整保存的古希腊悲剧《波斯人》开始就是如此。萨义德在他的论著中有两个疏忽:其一是完全没有提到热爱东方主义的诗人吕克特;其二是他在书中虽有暗示却没有指明,西方的构建和东方本质相同,都是完美的镜面反射体。譬如在法国看来,西方应该就是这里,但谁能够就此给出定义呢?人们总在不断地提及西方,以及各种所谓"很西方"的事物,但西方究竟指的是什么?是欧洲的历史遗产吗?如果是,那么它指的是什么意义上的欧洲?又是什么形式的遗产?这些问题没有统一的答案,因此西方其实也是虚构的,正如东方一样。另一个没有标准答案的问题是定义究竟哪些国家构成了所谓的"西方"。在《子午线的牢笼》一书中,我多次使用了"西方"这个字眼,但每次提及"西方"时,我都必加引号,这样做一是为了体现其概念的不确定性,二是为了强调我与这个词主动保持着距离。然而不久之后我意识到这样做的徒劳,因为我仍无可避免地根据自己浸润已久、根深蒂固的文化背景对事物做出反应。无论有无引号,无论它的轮廓是多么的模糊矫作,"西方"仍旧存在,它就在"此处"。

若要界定什么是西方以外的空间,则问题的难度进一步提升了——这个西方以外的事物并不一定是东方。在塞缪尔·亨廷顿(Samuel Huntington)之后,许多英语的新保守主义者将"西方"与"其余地方"对立起来。这种对立实际上传达了一种具有很强欺骗性的思想,即如果西方在此处,那么彼处就应是一个与西方毫无共同点的区域——非西方,且应处于西方的从属地位。我于是想到,立于西方与非西方之间的那条假想的鸿沟,其实就是制造西方的过程中留下的痕迹。一群居于世界北半球西部的人,他们主观地划定"他者",并长期沉浸在臆想的优越性中,他们所构成的那个同质的整体也许就是西方的实质。自十五、十六世纪以来,欧洲便一直受该思维模式的驱使,甚至将这种思想推广至重洋之外；而相较之下，中国就一直在完全不同的思想框架中发展演变。综上，倘若跳出既定的、虚幻的、以种族为中心的格局，那么定义"此处"与"别处"就将是一个十分复杂的问题。

穆拉："别处"概念之所以成立，是因为存在一个假想的中心。我们确应尝试打破这个中心。如今全球化之下多个中心并存，与这些中心相对立的究竟是什么？中心消解意味着什么？如果中心从"别处"被推翻又会是怎样的情况？

韦斯特法尔：从宏观角度来看，目前世界显现出两种不同的态势，第一种以经济与市场为导向，即通常所说的"全球化"，第二种则以文化为导向，后者虽然提升了"同一星球"的意识，但其表现形式却更为多元化。在法语中，此两种态势往往被混为一谈，统称为"世界化"（mondialisation）[1]。如若这个字眼主要指文化层面的全球融合，表示不同的世界相互拼接契合成为一体，那么我愿欣然承认它是真正意义上的世界化；遗憾的是，这个词早已向"全球化"的意义倾斜，淡化了多元文化融合的意义。我们在选取词汇时应更加谨慎，譬如"全球""世界""星球"等等皆有区别，克里斯蒂安·莫拉鲁在《星球转向》中的用词就十分细致。关于中心的问题，如今星球上的大小事件似乎总围绕着那几个明确的、稳定的中心做出反应，然而中心总是相对的，与"吕克特综合征"同理。中心既然是一个十分主观的事物，那么与其相反的事物——中心的对立面——自然也是因人而异的，每个人都有自己的理解；如果上升到更概括的层面，那么每个民族，或如本尼迪克特·安德森

---

[1] "全球化"英语为globalization，而法语为mondialisation，从名词结构上看可以直接理解为"世界化"。作者在此强调经济全球化与文化世界化的区别，所以此处特别译为"世界化"，而没有按照约定俗成的习惯译为"全球化"。——译者注

所说"想象的共同体"都有各自的理解。当然,现下人们所关注的并不是这些充满浪漫主义色彩的中心,而是想知道那些在全球化推动下过度发展、不断扩张的中心,它们的对立面究竟是什么。

在撰写《子午线的牢笼》时,我尽可能平衡地借鉴文学与当代艺术来回答这个问题。事实上我也尝试从另一个角度来提问:假如我们直接将中心消除,结果会怎样?这不是一个新颖的问题,过去的几十年里人们已经就此给出了许多答案。有一些推翻中心、消解中心的尝试之所以能够成功,是因为现在人们看待世界的方式已经和殖民时代结束前大有不同。弗朗茨·法农(Frantz Fanon)和吉洛·庞特科沃(Gillo Pontecorvo)等后殖民研究的先驱在二十世纪七十年代爱德华·萨义德阐释东方主义之前就已经为新思想奠定了基础,他们构想了另一个中心,与西方殖民思想影响下的传统中心交替作用。换言之,后殖民的话语不是"单一中心"的,而是"二元中心"的,一切都在两极之间演变发展,其中一极根据文化多元性不断调整,另一极则始终保持不变。备受驳斥的西方思想所代表的正是后者。这种两极结构的创造既是后殖民研究带来的无可争议的巨大贡献,同时也是它的局限所在,因为它将自身暴露于悖论式的危险中,最终可能反而将意图解构的事物变得更加稳固。爱德华·格里桑意识到了这个陷阱,于是提出一个更加开阔的视野——文化群岛,即各种文化如群岛般在同一平面中相互作用,超越各种层级,消除一切极性。

许多当代艺术家在去中心化的路上走得更远,其中有一位对我的研究影响颇深,她就是英国造型艺术家布丽吉特·威廉姆斯,基于我的观察,相信她对巴斯克海岸拥有极大的热忱。大约10年前,她创作了一组三联画,《联结·错位·和平》。这三幅画循序渐进地反映了一幅完整的世界地图分裂、瓦解成许多小块,继而纷纷退向地球的边缘。在最后一幅画《和平》中,每个国家保持着自己原本的轮廓和比例,相互之间首尾相连形成了一个完美的环形，和平地环绕在地球边缘，中心空了出来，各国之间没有丝毫高低等级、上下层次的痕迹。面对这幅大手笔的宏观图景，我忍不住自问，居于这完美的环形之中的那片广袤的空白究竟是什么？我倾向于将它想象成蔚蓝的海洋，保持着流动状态，在各种文化之间充当交流的载体。正如布丽吉特·威廉姆斯和布莱斯·桑德拉尔一样，我也在饱和的空间中寻求出路。《子午线的牢笼》得名于桑德拉尔的诗作，我读到这句话时颇有共鸣：如何从子午线的牢笼中脱身？如何从地方的那份令人窒息的几何属性中逃离？这想法也许是乌托邦的，更或许其实是一种双曲线。针对"过度中心化"的解决方法是否必然为"急剧去中心化"？也许在这两个极端之间存在着一个平衡点。

穆拉：在一些"法语地区"的小说中，欧洲变成了"别处"，您对此有何看法？

韦斯特法尔：我相信先前讨论的内容放在"法语地区"的框架下也同样适用。如今，文学已越来越倾向于在"世界文学"的层面绽放。2007年3月，米歇尔·勒布里（Michel Le Bris）与让·卢奥（Jean Rouaud）共同在《世界报》上发表了著名的《向法语世界文学挺进》宣言，此举说明"法语地区"文学正在与巴黎乃至法国拉开距离。事实证明2006年秋，许多出生在法国本土以外的法语作家捧回了龚古尔、雷诺多、费米娜等文学大奖。

2006年斩获费米娜奖的是南茜·休斯顿（Nancy Huston）的小说《断层线》，这个题目让我想起另一部小说，名叫《石筏》，作者何塞·萨拉马戈（José Saramago）设想了这样的情景：当比利牛斯山中出现了一条断层线后，伊比利亚半岛开始在大西洋中漂流。整个法语区的现状亦是如此，各地区纷纷漂洋过海地从法国中心逃逸。与此同时，身份已被转换为"别处"的欧洲还在尽力寻找"法语地区"小说与欧洲和法国的最后一点联系。(此处正如您在提问时所强调的一样,"法语地区"这个词是必须加引号的。) 2007 年,《向法语世界文学挺进》宣言发表之后,米歇尔·勒布里与让·卢奥随即又在伽利玛出版社发表论集《向世界文学挺进》。不难发现题目出现了微调,也许根本的主张并未变化,但"法语"二字却没有明说。正如塔哈尔·本·杰洛恩(Tahar Ben Jelloun)所说,人们对这种语言"模糊的母权性"不甚信任。阿卜杜拉曼·瓦贝里(Abdourahman Waberi)认为应该这样理解:"在一整片法语群岛之中,法国文学只不过是其中的一座用法语进行歌颂与创作的小岛。"他所构想的这个画面与格里桑有异曲同工之妙。所以不存在绝对意义上的"此处""别处"或者与"别处"完全对立的事物,我们所面对的实际上是一个异质化的空间,在这个空间里,无论是法国或者整个欧洲,无论是法语或者欧洲其他语言,都只不过一座座岛屿,位于星罗棋布的群岛之中。关于这个话题,我还读过一本书,是阿兰·马班乔(Alain Mabanckou)主编的《如今用非洲语思考和书写》,2017 年由索耶出版社出版。书中有许多重要的篇章,其中苏雷曼·巴希尔·迪亚涅的文章尤为发人深省。他一语中的地总结出曾经流行于殖民时期的一些语言在当今世界应扮演的角色,例如法语在法国之外也可发挥重要的作用。他认为法语、英语、西班牙语、葡萄牙语"同时也都是非洲的语言,这一点毋庸置疑"。千真万确,法语完全可以在如今自由独立的新天地之下焕发出新的光芒,此处,别处,无处不可。如果我去问米歇尔·勒布里,精通法语的他是否会讲非洲语,那么他给出的答案想必是坚决肯定的,且这不是什么风趣的玩笑,而是严肃认真的回答。当我们真正意识到法语属于一切讲法语的地区时,"法语地区"一词的引号就可以抛去了。

穆拉: 当前时代是否还有书面游记的一席之地?抑或人们只能以反

讽的风格来撰写游记，例如米歇尔·维尔贝克（Michel Houellebecq）在《平台》中所写的性旅行，或者洛朗·莫维尼埃（Laurent Mauvignier）所写的《环游世界》？在这个致力于强调民俗与遗产的世界里，是否最终只剩下充满劣品的"别处"？或者恰恰相反，全球化激发了人们看待世界的新方式？

韦斯特法尔：旅行始终是可能的，毋庸置疑。但同样是旅行，走在一个连地图都尚且存疑的世界里，和走在一个谷歌地图能精准显示屋顶缺一片瓦的世界里，二者不可同日而语。当人们能够随时在电视、手机、电脑上无延迟地看到世界各个角落里发生的一切时，写在单薄纸张上的游记该如何定位？我们这个时代的过度媒体化是全球化得以推进的主要手段。媒体的通达与迅捷制造了一种假象，它令人以为"别处"的概念已经不复存在，因为一切似乎都触手可及。然而事实上，"别处"的概念却得到了前所未有的强化，一些人通过镜头、话筒、文字等媒介不断地强力输出他们的观点，使得"此处"得以扩张，形成一种具有全球化趋势的种族中心主义。许多作家、导演、摄影师以及视觉艺术家已在作品中反映了该问题。全球化带来了某些灾难性的后果，但与此同时它也激发了创作者以多种视角探索全球的意愿，这种探索本身也是一种旅行，且指向多种多样的终点。您方才提到米歇尔·维尔贝克，在他看来世界只是个人在欲求不满与偏执妄想之间长期摇摆的《抗争的延伸》。至于洛朗·莫维尼埃，他带着所创造的角色《环游世界》，却并未真正踏足全球，整部小说都围绕着一个问题展开，即当人物 X 在福岛面对可怕的海啸与核灾难时，人物 Y 在地球的某处正经历着怎样微末的悲剧？对当代游记的期待，也许最终还要回到自问：我们究竟能否逃脱子午线的牢笼？

（乔　溪　译）

"复旦中文系文艺学前沿课堂系列"出版书目

第一辑

《黑格尔的艺术哲学》　　　　〔德〕克劳斯·费维克　著　徐贤樑　等译

《情感与行动：实用主义之道》〔美〕理查德·舒斯特曼　著　高砚平　译

《美学与对世界的当代思考》〔德〕沃尔夫冈·韦尔施　著　熊　腾　等译

第二辑

《现代美学史简论》　　　　　〔德〕保罗·盖耶　著　刘旭光　等译

《论艺术的"过去性"：黑格尔、莎士比亚与现代性》

　　　　　　　　　　　　　〔美〕保罗·考特曼　著　王　曦　等译

《地理批评拼图》　　　　　　〔法〕贝尔唐·韦斯特法尔　著　乔　溪　等译

图书在版编目(CIP)数据

地理批评拼图 /（法）贝尔唐·韦斯特法尔著；乔溪等译.—北京：商务印书馆，2023
（复旦中文系文艺学前沿课堂系列）
ISBN 978-7-100-21883-2

Ⅰ.①地… Ⅱ.①贝… ②乔… Ⅲ.①世界文学-文学评论 Ⅳ.①I106

中国版本图书馆 CIP 数据核字(2022)第 236106 号

权利保留，侵权必究。

地理批评拼图
〔法〕贝尔唐·韦斯特法尔 著
乔 溪 等译

商 务 印 书 馆 出 版
(北京王府井大街36号 邮政编码100710)
商 务 印 书 馆 发 行
山东韵杰文化科技有限公司印刷
ISBN 978-7-100-21883-2

2023年1月第1版 开本 640×960 1/16
2023年1月第1次印刷 印张 13½
定价：72.00元